春梅画花骨

何振岱诗词赏析

申美英 著

作家出版社

目　录

序

尉晓榕

书出版在即，尚欠序言一栏。亲友嘱我填上，我的一再推诿却不是装的。以我的旧学所涉，只能算个堂前门童，实不配为如此精雅的正文作序。我意，作个书外引文，凑成体例的"无缺"。

何振岱集已出数种，这回旨在鉴赏。因其诗词曾为世所重，故付梓后，期能营养当今诗众。

回溯百年，那时尚存诗国余兴，凡尺素酬句，文友唱酬，乃是风尚大观。诚如王国维说：一代有一代之文学。文事经数度承转到如今，讲求的是明白畅晓，于是一时文大于诗，而文也不是之乎者也之文，是全维度横断旧学的白话文。从现今世面上看，国人诗心未死，赏鉴是要的，那一路劳烦的规制却不想硬扛了；诗性也是要的，这千年的美学智巧还不忍轻弃，想来行文若没有了含蓄、跳宕、夸张和奇想，将如何地寡淡。毕竟，等同于读经，诗家语也是文学的最高修炼。

在此，我且作门外想：诗词的格式格律尚需持守。因为韵律格式及各种变格，除了承载功能，它直接呈现音乐性、仪式感、建筑感，尤其是，为之设置雅文化高贵门槛，可避国粹的稀释和最终消亡。

不消说，诗的格律及其所有规制，并非神示或天赐。诗，在古老的雅语和"乐"的依存中化生，继而破局进阶且层层加码地置下经典范式与全部规制，纯属人类自造、自律、自享。其与异化论之不同或在于最后获得的不同——诗因其形式负载与守制压力反而获得个体创造的快适感，异化却走向沉闷和失控。出于回访原理，关乎此类话题，人们尽可以在诗词中频频发现，唐诗宋词如此，明清别集如此，眼前的何振岱集亦如此……

何诗尚在收集整理中，一时难于准确标签，其诗名在外不假，被冠以"同光体殿军"也不假，但诗人有无诗论，兹事素来重大，无论者往往烛火微光，有论者则为学界所重。惜见亲友弟子写书谈及何老有未及刊刻的诗论一部被毁，甚而，在几次时代乱局中被毁的成稿还有《周易聚明》《论语臆解》《集益汇编》《鸎鸠斋笔记三种》《〈诗经〉偶记》数种。如若算上何老已刊行的《觉庐诗集》《我春室诗文词全集》《榕南梦影录》《寿香社词钞》等，其难于标签是自然之事。

恰如上文所述，诗词之于何振岱，实则只算是这位诗儒多面体诸艺中的一个台面，一个随古人问道，与时人互动，向自身内求的台面。这台面半掩着，既发抒，也有所遮蔽。而于此外，他将自己整个置于儒家君子人设的框架内，真心诚意修身齐家，全方位应答着人格品藻要义。平心论，于德，他办诗社育才，在学社行教，在家严于家教家风家学，在国难时行大义，故夫子为一方乡贤文儒，应属名至实归；于学，他通经研易，习拳学医，精书工画，能琴善诗，故其才名绝非放草船而得箭也。

旧时士人的一生修为，依循其深层逻辑，总将见识及胸襟的造就居先，次之才是百艺。器识高阔了，方能使百艺在高地上不懈寸进。

何振岱一世修为，也大抵如此。夫子于青壮时即以三教之学夯实塔基：学儒知忠恕，养浩然气；学道成自然之理又辨证观；学佛通透物我，取无执的自在，间或杂以墨、医和博古。据此深埋，再行文艺，方成就他弦上有情、笔下无隔之境。有诗叹曰："少壮功夫老始成"。远涉不易，观"梅生"而"梅叟"，一路行去，问其间多少风景？哪山最高？或道是：万顷烟波雁来去……

眼前一部砖厚的《何振岱日记》，却不全，许多锥划的岁月散落了……翻看剩稿，所涉既广而微，却不掩温厚大家长护犊情深。其所记述者，经学问疑两成，辞章之学两成，车马迎送一成，其他一成，而膝下呢喃语可计四成。夫子有诗："一腔父子意，诗里话殷殷。"一方才儒，慈爱如此。这里，引叶可羲先生《何梅叟先生传》一则："夫子有子五人，维刚、知平、敦敬、敦诚、敦仁；女一，敦良，适姚氏，皆能承家学。"除了各自本业之修习，其五子一女琴棋书画皆精能。时家中有宋明琴数款，名人书画多帧，并雅客绰绰，于是院墙内，常是感时有声，墨香满室。而其最盛者，还是案上未干的五言七律、小令长调……只可怜聚散两忘，温情不再，当时的"此时语笑足流连"，早落得后来的"芳愁只在旧园池"。

近日翻看民国蒙学课本，有白话诗一首："三只牛吃草，一只羊也吃草。一只羊不吃草，它看着花。"我在想：草是要吃的，花更是要看的……

2022.10

尉晓榕，何振岱第四代后人，中国美术学院前中国画与书法艺术学院院长，二级教授，硕博生导师，享国务院政府特殊津贴。

用诗心拥抱不一样的春天

——写在前面的话

当人们开心跨年互致祝福的时候，谁都不会想到2020年的春天会以乱象开年。阳光依然明媚，春光似往日潋滟，但病毒，将无数人阻隔在了室内，疫情的肆虐扰乱了地球上所有人的心。纷乱当中该如何守衷抱本，这是我们每一个身陷其中的人都需要做的功课。也就是在这个当口，当何老后人何欣晏女士找到我时，两人便一拍即合：让我们从品诗开始，以诗静心！

诗学，是一种修养，沉静以心，透视天下。我们可能没有能力改变这个世界，但我们可以不让自己陷入到悲悲戚戚，浑浑噩噩，或恐慌失措当中，不为浮云乱心。如何做到这些，凭的不是意气而是修为。修养诗心便是一种修炼。以诗立心就有能力保持冷静。这是此时此刻我们做此赏析的初衷——和大家一起在欣赏诗词作品中抒胸中之气，达到一种修为，一种超然，一种境界，在这难熬的日子里共同期盼春天的美好。

如果我们的抛砖引玉哪怕能带来一点点的助益，都是我们无上的期盼。

与何欣晏女士的相识让我接触到了何振岱的诗词，一读之下不能释卷。我读过他现存的每一首诗，也了解过他一生中诸多的细节。我为他写过一部小小的诗歌剧，剧中的诗贯穿了他的学识经历、处世态度和他的德行修为。在我看来，何振岱是近代少有的儒子大家。他的诗平静中不失灵动，自然中含有深意，看似清癯却也洒脱。他对细节的捕捉和处理以及运用让我惊叹。他能将生活中的点点滴滴化为诗词。我常想，这，才是真正的诗人。读何振岱诗的感觉与感叹，我在读陆游的诗时有过，读苏东坡诗时有过。我想我有一种义务让人们知道和了解这个诗人，不能让他的诗淹没在浩瀚的诗海当中。他是诗海中的一瓢水，让我们舀出来，读之，品之！

　　我将会逐篇讲解他的诗词，不刻意挑选，随缘以评。或许是因诗映当下，也或许是被某处触动了神经，总之，一诗一篇，尽可能详细而全面地剖析和品味其中的写作手法、艺术造诣，以及对这种手法之借鉴。尽可能地捕捉他的诗中况味，他眉间眼下的欢乐与忧伤、期盼与无奈，同时也会在评介中穿插介绍他的生平、主要事迹和围绕着他的点点滴滴。在时间节奏上，一周一篇或两周一篇，看自己的时间，看读者的需求。你若爱看，我就会多写，你若需要，我总在这里。

　　此次大疫对于我们所有的人来说都是前所未见，好在我们有诗在，有诗心在，让我们沉静以心，透视天下，有我无我，慧至神安。诗心在，人心在，这个世界终归会走向未来。

　　祝福大家！

美　英

惜春之意，惜之几何

春感·其一

惜春何忍见花飞，张幕悬铃事已微。
千里魂消同况味，经年头白为芳菲。
传书黄耳浑无实，吹浪江豚苦作威。
岂有邻翁知爱护，借人畚耜计应非。

何公爱梅，自称梅叟，开篇原本想读一首他的咏梅诗，不料打开诗集瞬间抓住眼球的是他的这一组《春感》。《春感》一组四首，通读下来，满是伤感和愁绪。这和人们通常的写春不同，通常写春的诗，多是"忽如一夜春风来，千树万树梨花开""春风得意马蹄疾，一日看尽长安花"之类有着满满的喜悦感。而这一组，从"惜春"里引出的伤感却浓如重墨，久研不开。谁说春天里都是喜悦呢?!正如我们置身其中的这个春天，悲则悲矣，几难承重。百年前的伤春和眼下的伤春虽伤不同，但况味相通，那么就让我们从这组《春感》读起吧。

何振岱先生抚琴图

诗人惜春，惜之几何？诗人从起句起就开门见山告诉你了。当头"惜春"两个字锁定了这首诗的情味，整首诗便围绕着这个情感基调写了去。"惜春"，惜到什么程度？他用了带有强烈情感色彩的词"何忍"来诠释。我们知道，在格律诗的起句当中，虽然不乏以情为起的诗，但是在通常情况下，人们会在起句中尽量避开情语以防情语早出，其目的是为了防止因"情语早出"而可能造成的"情感早泄"，以保证后句中的情感表达，从而保持诗的结构稳定。这是由格律诗起承转合结构的特殊性所决定的。而这首诗，诗人一开始便砸下"惜春""何忍"两种带有强烈的情感状态的词，可谓"惊起"。这样的重情之起，往往是为了表达强烈的情感之意，以岳飞的"怒发冲冠"最为典型。在何老的这首诗里，我认为他之所以以此为起应该是有两种解释：一是他有能力把握早出的重情；二是为了表达"惜"之深切，深切到等不及迂回地让心情释放。

"惜春何忍见花飞"。"何忍"，不能忍。惜春的我如何能够忍受眼睁睁看着花飞花落？这一句里，有一种心情，也有一种态势，仿佛能让读者看见诗人站在花下为落花而伤感。画面中有着浓浓的诗意。这要归功于他句中的虚实参与。有了虚实参与，才能让读者在体会情感的同时又有一种实在的境界感。在这句诗里，"惜春""何忍"的情感虚写落脚在"见花飞"的实际描写上，"见"中交代着人物，"花飞"则营造出了一种氛围。读者便得以从这种虚实相互交融当中体会到人物的心情并看见诗中的画面。这，就是诗的意境。

"张幕悬铃事已微"。上句是一种情感的态势，下句是一种实时的动态。"张幕"：张开帷幕。"悬铃"：悬铃以唤。两个动态皆因"何忍见花飞"而来，为什么要"张幕""悬铃"？因为想要留住飞花，但是却已是徒劳——"事已微"了。首联两句是作者由落花飞去而引发的惜春之意和留春不住的深深感叹。

"千里魂消同况味，经年头白为芳菲"。首联中的"惜"和"忍"并没有道尽他的"惜春"之意，所以他紧接着又抛出了一个情语："魂消"。什么是"魂消"？"魂消"：是极度的悲伤之境界。"千里"是写落花之远去，"魂消"则是写"我"即诗人自己的情感状态。"同况味"：相同的境况和情味。这里诗人将"飞花"拟人，人悲花，花伤己，同悲春。"千里"暗扣着起句里的"花飞"，即花飞千里，"魂消"则呼应着"何忍"，即难忍心意致魂随花去。这一联承接了首联中的情感，又给予了很好的递进——让花飞，一去千里。让不忍，心碎魂消。如此，"惜春"之意便达到了顶点，其结果是"经年头白为芳菲"。"经年"：很多年。"芳菲"：当然是指花。花飞千里，我悲伤的心随你一同消散。年复一年，我的白发全是为了那无法留住的芳菲。爱花之情如同爱人，可见爱花之情切。不过爱花非只为爱花，还是为了那个"春"。

"传书黄耳浑无实，吹浪江豚苦作威"。前两联中的"惜春""何忍""魂消""头白为芳菲"，所有这些，都是在写内心的情感，以虚写为主。到了这里，他从虚写中走了出来，开始转向写实。"传书黄耳"是"黄耳传书"的倒置。"黄耳"：黄狗。"传书"：这里指狗叫。"浑"：浑然，完全。"无实"：不真实，意为"听不见"。这一句的意思是：黄狗的叫声我充耳不闻。"吹浪江豚苦作威"，"吹浪江豚"也是"江豚吹浪"的倒置，意为：江豚翻起浪涛。"作威"：发威，怒吼。"苦"：表示程度，有竭力，尽力，拼命的意思。这是他现实中的自己，但现实对他毫无意义，心在花上，魂随花去，既听不见身旁的狗叫，也听不见远处的涛声。这是对上联中"魂消"的完美诠释。

"岂有邻翁知爱护，借人畚耜计应非"。这两句是如大白话一般相当实在的句子。写到这里，诗人终于从那种"失魂落魄"的"魂消"状态中"醒"了过来，开始考虑该怎么办了。"岂有邻翁知爱护"："岂有"，没有，不会有。"知爱护"：知道爱护。"借人畚耜计应非"："畚耜"（běn sì）是两种工具，前者是簸箕，后者是锹，我认为把它当成耙子理解更合情理。"计应非"：计虑，谋划。应，因应。非，非常之事。

这两句的意思是：邻近的老翁不会知道爱惜这些飞花的，我还是要借来簸箕将花收集起来以防邻翁不知爱护吧。这两句写的都实而又实，尤其是下半句，"借"，"人"，"畚"，"耡"，"计"，"应"，"非"，每一个字都是一个意思，无比实也无比的繁。如果单看，他挤得过紧了些，势必影响诗的美感，不过在这首诗里这样安排倒是有他一定的道理，这就不得不讲讲这首诗的结构艺术。

　　前面说过，在通常情况下，格律诗是忌情语早出的，因为它会让后面的情感表达无以为继而产生一种无力感，让诗显得头重脚轻。这首诗却反其道而行之。不仅在整体结构上先言情后写实，在每一联的虚实搭配上也是上虚下实。比如"惜春何忍见花飞，张幕悬铃事已微"，上句写心情，下句写动态，显然是上句虚写下句实写。这种写法仍然是格律中惯有的"上实下虚"的结构方式的反向运用。我想，这应该是作者的有意而为之，从这里可以看到他谋篇的老到和熟练，因为这大小两种结构的反向性恰恰形成了诗的整体结构的完整性。这样上虚下实的写法，就好比是让后句和后联的实写形成一个基托，让下句来托起上句，用后联托起前联，这样诗就稳稳地立起来了。

花落花开两由之

春感·其二

花落花开总有时，芳愁只在旧园池。

飞茵坠溷终吾土，浪蝶狂蜂异所思。

早虑风霾妨始蘖，长嗟藤蔓束柔枝。

玉儿漫恋雕栏好，倚损罗衫却未知。

　　如果说上篇《春感》有浓墨难研的惜春之意，那么这一篇便有些慢拨心弦的微动之感。虽然他也写"愁"，也写"异"，也"长嗟"，也"早虑"，但与上篇相比，少了一点凝重，多了一份释怀。少了一点伤感，多了一些欣喜。虽然表面上仍是愁绪连珠，但字里行间却透出了惬意，有一种悲叹中的游离。自此看来，此篇是上篇不错的承接。

　　上篇开端是"惜春何忍见花飞"，想要"张幕悬铃"留住飞花。到这一篇则似乎是开始将郁积的愁绪向外散发了，所以首句便说"花落花开总有时，芳愁只在旧园池"。这一联的意象运用"花落""芳愁""旧园池"在表面上看都是伤感与悲凉，但其实内心里已将愁绪放下，在春愁中流露出了些许抒怀之意。何由来哉？决定这种感觉的当然不是这些愁绪满盈的词语，而是从两个不起眼的字"总"和"只"中散发出的感觉。在我们欣赏诗词过程中，诗词中流露出来的那些细微之感来自何处，需要我们仔细地梳理并甄别。而最容易被忽略的，就是如"总""只"这样的表面上无所指的字。在这两句诗里，"花落花开"很重要，"芳愁""旧园池"也很重要，它们是情感的直接流露，没有它们，情感无所依托。但是在这句诗里它们只是表面上的情感，在诗里流露出来的情感氛围里，这几个词都不是情绪的主导，而只是一种"愁芳"留在了"旧园池"的过去式。所以它不代表情感的实质，不决定情感的走向。决定情感的真实态度以及走向的，是这两个看似无关紧要的"总"和"只"。惊讶吧？这就是品诗"品"之所在。品诗不仅仅是看诗中显性的字和词，重要的要看句子里涌动的情绪，看哪一个字在对这种情绪的流动起着一种方向性的作用。这里的"总"和"只"同为程度副词，看似普通，实际上"总"有着连接一个状态的结束和另一个状态开始的作用：结束了花落，又有了花开。结束了飞落之愁开始了接纳之态。而"只"中更有一种情绪的表态。在小篆里"只"是一个"口"，口下两撇表气出，也就是叹息。所以"只"的本意有表示着终结和感叹之意。两个字的本意让它们都有着决定情感"花落花开"和"芳愁"归处的功能。"总"让"花落花开"落脚在"总有时"。而"只"左右相牵着"芳愁"和"旧园池"，便具有了否定之否定的效果，即只在旧处，不落新所。所以在这两句诗里，"总"和"只"既主导着情感走向，同时也奠定了这首诗的情感基调，让"花落花开"里流露出了希望，同时也把"芳愁"甩到了脑后——"旧园池"，表达着花落花开两由之的淡定与沉着。

首句说了惜春的愁绪在慢慢化开，到了颔联这里便开始在为这个情感寻找注脚了："飞茵坠溷终吾土，浪蝶狂蜂异所思"。上下两句中，分别用了"飞茵坠溷"和"浪蝶狂蜂"两个成语。这两个成语原本各有所指，但在这里作者只取用了两个成语中的象而没有取其意。也就是说，他只将其用作了眼前之景物的实景描写而并无借指。"飞茵"，即飞落的花茵。"溷"：读音 hùn，通"混"。从水，从口，从豕，本意是浊水横流的污浊之所，这里仅指红尘之地。这句的意思是：不管怎样的，花飞飘落终究是在我的土地上。以此来为自己惜春之意寻找一点慰藉。

在这一联里重点要讲的是该联的下半句"浪蝶狂蜂异所思"。这一句通常读诗的时候往往容易被理解成："浪蝶狂蜂不是我所想的。"如果这样解释的话，这里的"所"当是名词"我"的助词，单句解释也许勉强过得去，但是却和上句以及上联之间失去了脉络的连接，形成了"隔"，故此解无解。所以遵循着格律诗中二联必须对仗的章法要求，我将"所"解释为名词"处所"，这样既符合章法——让名词"所"对上句的名词"吾"，也让这句诗有了更合理的解释，让前两联的诗意有了一个完整的衔接，也由此得以看出作者心思的清净——不为浪蝶所困扰，只为飞茵而凝神。"花落了总还会再开，过去的芳愁都过去了。无论怎样，花落如茵也是在我的地上，我意在落花，纵横飞舞的蜂蝶让别处的人去想吧"——释为前二联。

前两联表面上写的是情绪，实际上所有情绪的叙述都是一种背景交代，因为所有的描写都是客观表面上的目光游动，给人一种外在的感觉。甚至连"芳愁"也都只是他笔下描写的一个"物"，其作用是隐藏和引出他的真实情态。在前两联中他的表达手法和他的真实情感是相反的，表面上是在写情，实际上写的是物，一种淡淡的情绪隐含在这些"物"之中，"物"在上，情在下。而到了"早虑风霾妨始蘖，长嗟藤蔓束柔枝"这里，情与物的关系开始反转，表面上写的是物"始蘖""柔枝"，实际上写的是情"虑"和"嗟"，他开始把那种隐含着的情绪提上来，转而让内心来主导眼前看到的景物，从而将物在上，情在下反转为情在上，物在下。从感觉上，前两联看似在写内心，实际写的是现实。而这一联看似在写现实，实际却包含在深深的情感当中。

早虑：一直以来的忧虑。风霾：风吹尘飞。妨：伤害。始蘖（niè）：新生的嫩芽。柔枝：娇弱的花枝。这两句的意思是：我既怕风尘损伤了嫩芽，我也为藤蔓缠绕了柔枝而长叹。这联，活生生地展现了一个清癯儒子之形象，他心思细腻，敏感怕伤，既有文人之雅意，又有心怀弱小之善心，让我们得以从这里对作者的性格做一个小小的窥探。

当所有的情绪都抒发完结时，作者将目光转向了"玉儿"身上。"玉儿"如果不是人名的话，她便是俏丽女子的别称，她可以是作者身边任何一个为他所疼惜的人。目光转移处，原来不只有我在忧肠百结，对春长虑。还有"玉儿"也在痴痴地望春，以至于倚损罗衫竟不知。这里用了夸张的手法写"玉儿"之痴，之恋，之忘我，之缠绵悱恻，之浑然不觉时间之流动。倚栏久立只为眼前那枝，那蘖，那芳，那茵。春好不止一人惜之喜之，我之情不光一人读之懂之，还有倚栏的"玉儿"。"玉儿"倚栏沉迷清婉，为的不是雕栏，只是这个春。

用细节打开尘封的窗口

春感·其三

自古沉愁未是愁，如今春色忍登楼。

只闻索响鸣墟鼓，焉用扬鞭策土牛。

彩树张花仍锦宴，华林奏乐漫移舟。

散寒黍谷须吹律，安得邹生与远谋。

《春感》四首，此为第三首。

话说诗词是诗人心灵世界和生活状态的写照，任何人的诗都离不开他的生活轨迹而独立存在。就好比杜甫，就好比王维，就好比李白，他们活在各自的诗词当中，让我们得以读着他们的诗，也读着他们的人，了解着他们的故事，追逐着他们的人生。这首诗也不例外。评过两首之后，原本想跳过《春感》寻找不同的风景和内容。不料一读之下，却从字里行间里窥探出了诗人的生活轨迹，让我一时间不忍释手。忍不住想把手通过诗句，伸进历史的空间，在字里行间里寻找和解读他的故事，还原他的人生。百年里的尘埃能有多厚？不怕！有诗在，我们就能拨开它。我在想，如果我能将诗词中的点滴故事一片片拼接起来还原出一个立体的鲜活的何振岱，那这将是这些诗词赏评中莫大的收获。

以我对何振岱诗词的理解，这组诗与他作品的整体风格相比略有差异。尤其是在遣词造句和氛围的营造上，这组《春感》与他作品中惯有的自然和淡定相比，稍稍多了一点点用力感，情感用墨偏于厚重。我一直在寻找为什么。最初的判断是，这组诗有可能源自于他的早期作品，至少是他作品风格形成之前的作品。其最典型的表现在于他对典故的运用上。何振岱作为清末"同光体"的殿军人物，他诗词最大的特点是"不喜用典"。翻看他的诗词会发现，他极少用典故来装点门面。他的所闻，他的所见，他的所感，都是他的自我表现，既自然生动又灵活感人，深具个性和魅力。我印象最深刻的是他那句"飞小一行低雁"。这样的诗句看似无奇，却因自然独特和极富诗意的表达让人过目不忘。《春感》产生的年代显然还没有进入到他生命的深微淡远时期，所以无论是他的"张幕悬铃"还是他的"传书黄耳"，抑或"飞茵坠溷"都带着那个时期的痕迹。这种猜测终于在这首诗里得到了印证，随后我会讲到。

上篇里我说到第二首和第一首之间有着不错的承接，但是到了第三篇却没有出现意料之中的"转"。从时间状态上看，前两首他写了春末，这一首他则写了初春。跳出了前两篇中的花飞花落从"立春"写起。在情感状态上，这首诗脱离了前两首中"悲春"的浓墨重彩而流露着"思归"之意。

虽然仍在写愁，但感觉上并不相同。此愁和彼愁缺乏一个线索以及情感的统一。所以，我判断这组诗并不是出自同一个春天，有可能是不同春天里的随感汇成的一辑，这是我从这首诗里捕捉到的另一个信息。

说回到诗本身。

律诗起句的作用是为定调。"情调情味之定，起句也"。这是我的老师，著名的诗词教育家舍得之间先生的话。单看这首诗的后三联，从表面上看，感之心绪并不明显。而起句"自古沉愁未是愁，如今春色忍登楼"的"未是愁"和"忍登楼"中似愁又似非愁的表达曾让我沉思良久，不能确定他的情绪基调究竟是愁还是非愁。舍得老师的这一论点让我对此豁然开朗。也是，起句中陡然两个"愁"字，想不"愁"也难。用老师的话说，这叫"意象在，必有其意"。即便他说"未是愁"，但这个"愁"的情感基调是已经定下了的。这就是诗语的特别之处：否定的语气未必就是否定。而如此之定调便让下句的"忍登楼"有了合理的解释：为散愁而登楼，却不料让前愁凭春色又叠加出一层愁意来。起句在这里起了一个情绪的感叹作用，铺垫的是全篇的氛围。"自古以来所有沉愁都算不得愁啊，当春色当前登楼远眺才是愁煞离乡之人"。"离乡之人"的概念是从"登楼"中得来的。在古诗词的意象当中，"登楼"通常表"思归"之意，这一意象与尾联中的"黍谷"透露的异乡之所遥相呼应，我理所当然地将此"愁"解为"思乡之愁"。故此便可以确定此起句为全诗定出的情感基调为：思乡。也就是说，这首诗是一首乡愁诗。

　　既是定了调，再看起来，字里行间便萦绕着那种愁绪了。"只闻索响鸣墟鼓，焉用扬鞭策土牛"，这两句看似写实，实际上因了上联中的感之渗透，愁绪便投射在了"索响鸣墟鼓"和"扬鞭策土牛"的热闹场景中了。"索响"：索索之响。"墟鼓"：墟上之鼓。这里指"立春"祭祀中的各种社响。"策"：鞭策。"策土牛"：讲的是古代立春时的一个习俗。古时的立春日，有"鞭打春牛"的习俗。人们用泥土塑造成土牛，有农人手执丝鞭或杨柳鞭打，示意唤醒牛只并提醒农民准备春耕。是谓"鞭春"。"土牛"二字为我们提示出了这首诗的特定时间——立春。你看，到这里，有了时间，有了地点，有了情感，但这一切都隐含在诗句当中，非细呷不能发现，这，也是何诗前后期的区别所在。这是一个年轻气盛的书生对学问的一种展示，多的是高深，少的是岁月沉淀下的自如和自由。两句的首字"只"和"焉"的递进与转换，让句子中流露出了些许烦闷和不耐感，让上句中"忍登楼"的"忍"之所以为"忍"变得明了。

　　颈联"彩树张花仍锦宴，华林奏乐漫移舟"是上一联的继续。层楼之上，目光在转换，热闹仍在进行，重重心事托付在"漫移舟"三个字中。这一刻，是一个凝固的氛围，反衬和对比更加明显，"忍登楼"的孤独感和眼前所望形成的反差，让这种"感"更显出了漂泊中的清冷和孤单。

　　重点要说的是尾联"散寒黍谷须吹律，安得邹生与远谋"。这一联和首联有着完美的回扣。首先是"寒""吹律""远谋"回扣着首联中的"忍"和"愁",让思虑更加深远。其次是"黍谷"回扣着"登楼",为"登楼"中的思归做了注脚。"黍谷"是个地名,即诗人的所在地,当时的京师顺天府——北京之近郊。这一联的典故取自汉·刘向《别录》:"传言,邹衍在燕,燕有谷,地美而寒,不生五谷。邹子居之,吹律而温气至,谷中生黍,至今名黍谷焉。"这段话的意思是:传说当年邹衍在北京时,那里有块谷地丰美却地寒,寒到五谷不生。邹衍便住在那里吹律使谷地增温一直到生出庄稼为止。后人就将这个地方起名叫黍谷。尾句中的"邹生"便是"邹衍","燕"即北京,"黍谷"即是这个北京郊外之地。"吹律":吹奏律管。传说"律"属阳,所以古人相信吹律能以增暖。这里的"散寒吹律"是"吹律散寒"的倒装,借"吹律"之典故既散初春之天寒,也散心中之悲寒。"黍谷"虽然貌似借用典故之地,但结合作者的生平经历,循着"黍谷"两字,我更愿意从中寻找出他的人生足迹。我认为把黍谷解作他当时的居身之所并不失为一个合理的推断,并由此让我为他这组诗的写作时间做了个印证。读何振岱的生平可知道,因不循八股,何振岱在中举之后曾三次进京赶考未中。这便是这组诗的写作背景。这让他在诗中流露的愁绪和"花落花开总有时"的期盼以及本诗中的"思归"之意都有了合理的解释。有什么比落第之后的愁绪更加难解呢?有何理由比怀才不遇的伤感更能遮蔽春天的美好呢?有什么比春之佳节更能勾起思乡之意呢?况且从何振岱的生平来看,他晚年再次应邀进京时已然是近花甲之年了,那个时候的诗人早已经诗名在外，不说是春风得意，却也是水旱不忧，所写的诗词文章润笔丰厚，断无理由尽写凄恻之声。所以最能解释的，就是这组诗写于他青年之时赶考之后，栖身异地他乡，春日当前，失落油然，登高望远，尽起乡思。"我想要散去寒冷，却不得邹生与谋"，余音袅袅中，难消其愁！

诗词中种种细小的发现让我感到无比的欣慰。对于我们后人来说，每一个发现都是一个打开尘封的窗口，让我们得以透过那里看到诗人的生活片断。有些事情，如果你不去做，那些鲜活的故事注定消散在时间的烟云之中。我们欣赏诗词不仅仅是欣赏诗词本身，不仅仅是字和句的评析。留住他的故事，还原他的人生，挖掘出背后的蕴涵是另一种意义所在。尤其是对何振岱这样的诗人来说，留住他的每一段历史，不要让那些故事被历史所淹没，让更多的人认识他，了解他，喜欢他，是我们后辈的责任，我们愿意这么去做，并以此向前辈诗人致敬！

他在百年前写着今天的故事

春感·其四

疾雨横风近画檐，春人小极只淹淹。
讨方重读桐君录，请命时烦太史占。
䩱面从来非悦怿，齐心还许有针砭。
禽言格桀难舒郁，愿奋雷霆启户潜。

　　读这首诗，令我心灵震颤，不为别的，只为这整首诗写着一个"病"字。当初选评这组《春感》仅为取他诗中的悲春之感以应和今春疫情中的痛心伤臆，百感交集。读到这第四首，我发现已经不仅仅是感之应和了，这是实实在在的对应啊。从他的情态，到他的动感，他"讨方"的不知所措，他"雷霆启户"的悲怆呐喊，这每一字每一句，哪一点不是今天的写照呢？如果将这首诗换个题目叫《庚子年春疫中有感》，相信没有人能质疑这首诗不是当今之作。这就是说，百年前的他已经在写着今天的故事了。是轮回吗，还是宿命？是谁在冥冥之中把这些诗交到我的手上，让我在他的泱泱诗词中恰选了这组来首评？天之异象，必有神灵，一时间有种触电般的感觉。

2020年春的疫情肆虐全球，亘古未有。截至今天，全球的确诊人数已经超过三百万人了。美国则有过百万人被感染。如此的"疾雨横风"不正是这诗的开头吗？看窗外春光明媚，百花潋滟，可是千千万万的人却不得不禁足在家里，"海棠虽动春来兴，美景当前空咏哦"，此情此景恰也是"疾雨横风近画檐"的写照。画廊虽好，却无情被"疾雨横风"所横扫和阻隔，景之兴起，兴起来的是感之动容。这个惊涛骇浪般突兀而起的起句中，有一种雷霆般的激愤之气。这种激愤之气让诗里春之色彩被劈得一干二净。整首诗除了首联下句中的"春人"以外，看不出任何春之意象，情感沉郁而清冷。可见在这"疾雨横风"肆虐的春天里，他的心情是多么的暗淡无光，犹如今春中的我们。

从这组《春感》的写作特点看，何诗惯于快速入事而少于铺陈和写景。他的发端多以写事或诉感为主，即使写景也只轻点一笔立刻转入事之叙写。前三首的每一个首联无一例外。比如第一首的"惜春何忍见花飞，张幕悬铃事已微"。第二首的"花落花开总有时，芳愁只在旧园池"。第三首的"自古沉愁未是愁，如今春色忍登楼"。当然，这首也是如此。"疾雨横风近画檐"看似写景，实际上"疾雨横风"的意象运用中带着强烈的感之情绪，这种感之情绪他未做任何渲染便立刻进入了故事给出了答案："春人小极只淹淹"。这种写作方式的优点是疾笔入题，迅速展开故事，用最大的容量来

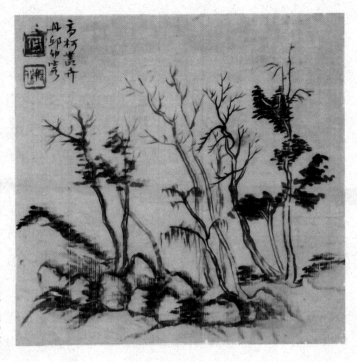

高柯黄卉
丹邱仲光

何振岱作

叙述故事本身。不足是描写不够，有时会影响诗味的体现。在这首诗里，我相信诗人是有意为之以突出"春人小极只淹淹"的"小极"和"淹淹"中流露的"病"之情态。"小极"：疾病。"淹淹"：病之奄奄。"春人"：春天里的诗人。这个"春人"与游春、怀春之意无关。由此可以看出，这个首联里告诉了我们故事的发端，告诉了我们为什么诗人的心情如此糟糕，为什么他会有"疾雨横风"般忧苦困厄，昏聩淹淹，因为——他病了！

从生病到"讨方"是一个合理又自然的承接与递送。"讨方重读桐君录，请命时烦太史占"。"讨方"：搜寻药方。"桐君录"：引以典故。桐君，传说中黄帝时的医师。著有《采药录》说其花叶形色。"请命"：请求保全性命，解除困厄。"太史占"：利用天文历法来问占。从这里我们得以看出诗人的"病"并不是仅"小极"那么简单，不然他不会"重读""桐君录"，也不会"时烦太史占"。"重读"的"重"读 cóng，它既有强调的意思，也有重新阅读、再读的意思。这里面有两种含义：一是寻方为己；二是验人之方。都是一种谨慎态度的流露，若是"小极"则用不着如此慎之又慎。它与下句的"请命""时烦""太史占"同感。"时烦"何意？很多次的"烦"，他反复地求方，多次占卜问命，透露的是对沉疴不起的惶惶不安。可以看出，这一病，病得不轻。

看"靧面从来非悦怿，齐心还许有针砭"。这一联与前两联相比虽有递进，但这三联在结构上基本是平行的，尤其是和颔联相比，中间两联在结构比重上几乎完全平行，是病中故事的继续。上联承中有承，但转句中并没有转的痕迹。这个结构方式也是他的这组诗的共有的特点：颈联在起承转合中的质的转变不明显。那么这联是什么意思呢？我们看："靧面"：huì miàn，洗脸的意思。"悦怿"：yuè yì，愉快的意思，这里的意思是"好看"。这两句的意思是：从生病以来，我洗脸不是为了好看。为了安心，也许还是要扎针以辅行。这两句诗人把他虚火内炎的淹淹病态以及内心的不安描写得很具体。两句中需要重点强调的是"从来"和"齐心"二词。这两个词看起来简单易懂，实际上它们和我们通常理解的意思并不一样，这就是读古诗和读现代诗歌的区别所在。现代诗歌的用词你从字面上理解即可，但古诗词的字词用法要根据诗的内容来解读，这种解读有时会和我们现代的习惯用法相去甚远，"从来"和"齐心"便是如此。"从来"并不是字面上的历来和向来，而是"从生病以来"，如此解释方为合理，并让诗具有了层次感。"齐心"亦不是我们普通理解的"一心""同心"，这里的"齐"有平定和整理之感，和"修身齐家"中的"齐"意思相仿，其意思是整理心情，让心平定。

病中的故事告一段落，最后的尾联就是抒发自己的愿望了。"禽言格桀难舒郁，愿奋雷霆启户潜"。"禽言"鸟叫，禽类的叫声，这里从"格桀"的表达看，我将这里的"禽言"解作鸡鸭的叫声，如此更接地气。"格桀"：象声词，格格桀桀的声音。鸡鸭格格桀桀的叫声难解我的沉郁啊，恨不得奋起雷霆之怒开门冲出去——这就是"愿奋雷霆启户潜"。这一句的意思并不是希望雷霆奋起启户，而是"我"以雷霆之势"启户"，这是诗语表达的特别之处，一方面写出了病中的郁闷之情，另一方面也写了自己想要去除病痛，发起雷霆之势的愿望。整首诗以雷霆收尾，在诗感上有厚重之感，似一个稳定的基座，有利于将诗托起，形成一个稳固的结构态势。"雷霆"和起句中"疾雨横风"是扣回的关系，两者之间散发出来的感，兜住了中间的故事、心理、动感，让诗的构架平稳方正了起来，没有丝毫的旁骛和溢出。这个用法对结构的稳定起到了一个非常重要的作用，但同时不能不说也带着一点点瑕疵，那就是动词太多，让句子略显拥挤和繁忙。尤其是最后一个"潜"字，与前面几个动词的动作态势搭配得契合度不够。不过诗无达诂，再伟大的诗人也做不到句句精彩，一点点瑕疵影响不了一个优秀的诗人，反而更显其有血有肉。

总之，如果说前三首是写春之感，那么这一首便是感之实了。实实在在的病中写照让人读之惊心。值得庆幸的是在上篇中我找到了这组诗的写作时间，那么可以肯定诗人终究摆脱了病魔，得以健康长寿。希望这是一个吉兆，预兆着我们面临的瘟疫也终将消散，我们也即将迎来"雷霆启户"，奔跑在阳光下的那一天。

看那飞小的一行低雁

绿意·扬子江舟行，雪中见雁

水天平色，望琼瑶千里，江宽无岸。穿破层云，力与寒争，飞小一行低雁。思凭客路传缄札，怕字淡、不胜题怨。好梅花、着后须归，恰趁汉南春暖。

堪叹。年年旅驿，几番雨雪里，游兴都倦。岁暮孤舟，行傍芦滩，我正征途无伴。相逢乍出长淮外，忽影入、吴山青断。近黄昏、嗷唳亲人，又听数声清婉。

在对何振岱作品的诸多评介当中，"深微淡远，疏宕幽逸"是他的作品标签。以我对何作品的理解，这个标签更多的是针对其词作而言的。他的诗作特点在这个标签之下并不完全符合。其原因在于其诗作的感觉当中少了一点点"疏""逸"，多了一些清凌。少了一些"淡远"，多了一点感意。由此看来，人们是用其词作的主要特点来总结其作品风格的，可见词在何振岱整个作品中是多么的不可忽略。所以，评过四首律诗之后，我将转而将诗、词交替评析，以更全面地了解和欣赏他的作品，从而也更加全面地了解和认识这个诗人。

词也叫"曲子词"，也就是我们现代意义上的歌词。词和格律诗的欣赏略有不同。从格律和章法上来说，格律诗是在平仄韵、黏对替、谋篇、对仗等等框架内的赏析。而词除了有这些格律的要求以外，更重要的是它的倚声学范畴。它所表达的喜怒哀乐全部都在"曲调"的框架约束之下，要求词曲相应，声字相称。所以要欣赏词作第一步必须先从认"调"做起。

此调原名《疏影》，又名《解佩环》，后易名《绿意》。验测为商羽调，调诵景物之美，其味清丽、淡雅、含愁。恰如此作品中所表达的那样。该曲是何振岱一生当中仅存的一首"绿意"。

此曲双调，上下两阕。上片写景，十句五十四字，处处

何振岱作

应题"扬子江舟行，雪中见雁"。其景迷蒙沧寒，其意孤清幽怨。整片不着一个"雪"字却尽得雪中风华。"舟行"即"行舟"。首句破题："水天平色"。之所以说它破题，一是"水天"中所对应题中"扬子江舟行"。二是"平色"二字。这一句"水天平色"，按照字面上的意思，当解为"水天相接，融而为一"，但题目的"雪中"和后几句中流露出的"雪"意让"水天平色"不仅仅只表"水天相接"之色，更有一种雪花飞舞的朦胧之感。

我们看，从第二句起，"琼瑶千里"，指茫茫雪野一望千里。"琼瑶"：指雪。"江宽无岸"：写白雪覆盖了江岸，白茫茫一片似江流无岸。"穿破层云"：指雁影穿破层层聚之不散之云气。"力与争寒"虽无视觉上的"雪"感，但"寒"中却透着雪中寒意。凡此种种，回过头再来看这个"平色"便有了一种白雪茫茫中的水天相融之色。所以我把"平色"二字解为飞雪中的朦胧之色。这种朦胧将水天笼罩融为一体，是为"平一之色"。这"平色"一出，无疑也为后面的景物定了色，让"琼瑶千里""江宽无岸""穿破层云"，"力与争寒"一直到"飞小一行低雁"都笼罩在了一片迷蒙当中。这种朦胧有一种"感意"的参与，这种"意"的参与让景物在朦胧之中反而有了更加无限的延伸以及更强的透视感。以至于长则一延千里，宽更宽阔无岸。所以这里貌似写景，实则融情，清冷和单薄跃然纸上。立江中舟头，望寒雁低飞，奋力远去。从而让此一长一宽的景物搭配靠朦胧之色也有了意念中的合理感，即"千里"和"无岸"都成了朦胧景物中的无边遐想。烘托出了一种苍茫无边的气氛，让茫茫苍穹之下的一叶小舟显得格外的孤单和飘零，也顺利地引出了下面一连串的"感"。为"不胜题怨"提供了一个恰切的氛围。

絮絮叨叨用如此多笔墨来解释这看似平常的几句写景，是因为我在试图找出"雪中"和"平色"中的朦胧感与后几句视觉上的透视感之间的关联，以做出合理的解释。对于诗来说，感知世界永远高于真实的景物，如果作者能够让你在景物当中感觉到浓浓的感意，那么我会选择"感"。毕竟诗中的世界是心灵的投射，虚虚实实、真真假假将感觉和心情化在景物之中，这是诗的意义所在。

上片的点睛之笔在"飞小一行低雁"上，这一句给这片茫茫的江上雪景带来了一股灵气。可以说整个上阕都是围绕着这一句在写的。前面的雪景是它的背景，后面的"感思"是它的延续。"思凭客路传缄札，怕字淡、不胜题怨"，都是因它而起。"客路"：指旅途，这里因前面的"凭"字和后面的"传"字，当解为"旅途中的飞雁"。"缄札"：也做"简札"，即书信。这句的意思是：我想要将思绪交与大雁携书相传，但却怕写不尽我的愁思，也怕你难承我的怨重。只帮我带一个消息吧，我喜欢梅花，开时即归，归时也许恰是汉南春暖之时。这就是"好梅花、着后须归，恰趁汉南春暖"之意。"着"：（花）开，这里当是引用了王维的诗："君自故乡来，应知故乡事。来日绮窗前，寒梅著花未？"

上阕中的离乡之怨已经出现了，那么下阕便是乡怨的铺展。所以过片即用"堪叹"两字来承接上阕中的愁怨。为什么愁？下面是诗中的解释："年年旅驿，几番雨雪里，游兴都倦。岁暮孤舟，行傍芦滩，我正征途无伴。"意思是说，我年年在旅途中度过，数不清的雨雪风吹，实在是倦了。在这岁末的孤舟里，我停靠在芦苇滩边，一路孤单无伴，状甚悲凉。注意，接下来"雁"又出现了："相逢乍出长淮外，忽影入、吴山青断。"上阕里有"飞小一行低雁"，那"雁"久已飞远，我一路无伴，孤独疲倦，正值满心愁怨之时。刚离开"长淮"以外，便有"雁影"入眼，一时间，吴山的山色在我眼里已经不存在——"断"了，我眼中唯有飞雁。此时正近黄昏，听雁鸣似在呼唤着亲人，继而又听见几声清婉回响，恰似亲人的回音响起。

这一阕中，"征途无伴"的孤独和"忽影入"的突转给了这个孤单寂寞的旅途以巨大的惊喜，让前面的静和后面的动形成了巨大的反差，同时也突出并又一次回应了"见雁"的主题。这里的"青断"是一个时感描述，从"江宽无岸"到"吴山青断"是时间的流动。船在走，时间在流，只有乡愁仍在，乡怨不断。好在有飞雁传书，有声声雁鸣慰我孤单，也有袅袅之音传送着无限的乡思。这里的煞尾"又听数声清婉"非常干净，清微淡远，既承接着前句的"嘹唳（liáo lì 形容声音响亮凄清）"，又余味无穷。

我们欣赏诗常解其形，赏词则多解其意。形有定规，意则无定法。所以百词百解，全凭稔其况味。诗无达诂，解亦不尽，滋味尽在其中，共赏！

捡拾起一颗遗落的珍珠

谢友人赠石砚题诗以感之

选砚久难得，山居尤苦艰。

平生蓄数石，苟有聊自安。

故人知我意，持赠结我欢。

吾乡莘田氏，藏砚斋名端。

出宰逢端州，一石不妄干。

所藏无官物，完洁无微斑。

二娘遗芳在，朱墨毋轻研。

　　何振岱爱砚，爱之如痴。友人知他爱砚，常以砚赠之。于是他的笔下就有了许多赏砚诗或谢赠诗，比如："一砚如心必我期，摩挲曾共夜灯迟"，"辩石见为人，精灵存此砚。愿子慎濡毫，毋愧衔花燕"。"秋山割出片云青，小篆长洲手自铭。画史风流人不识，蓝衫沿敝石犹灵。分从郎署留遗迹，剪送鸡林仅一翎。鹳眼眈眈如视客，晴窗为话却金亭"。这些诗均收录在他的作品集或作品补遗中，记录着他的痴心之爱。

有一首诗很特别，是他的晚年之作，写于何振岱八十四岁时。也许是老人家仙逝前尚未及将它归入任何作品集中，所以这首诗从未在他的作品集里出现过。它就好比是一颗珍珠遗落在作品集之外。在世间唯一留存的仅是一纸墨迹，就是下面这张图片里的这首诗。五言古体，内容为友人送石砚，题诗以感之。由于原诗没有题目，我自作主张给诗加个题目叫《谢友人赠石砚题诗以感之》。

此诗体取古风，有乐府遗趣。在体制上与他的格律诗相比更加自由，语言自然，简洁流畅，态度温良而又淡然。他在平淡地叙述一件事情的同时又潇洒自如笔指所向，这和前几期里《春感》中的感觉截然不同，退去了年少时的凌厉，增添了几分平静，有一种看透世事的岁月沉淀感。

诗一开始便写了他爱砚之痴和选砚之严，同时也间接地表明了此

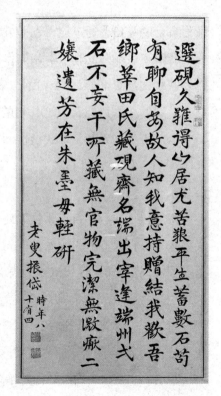

何振岱书

何振岱的"十三太保"端砚，收藏于福州市博物馆

石之珍贵。"选砚久难得，山居尤苦艰。平生蓄数石，苟有聊自安"。此四句以自我为起，写自己的情志所在。这里的"山居"是一种自谦的说法，有避世之感，谦称自己的身份普通，能得到一方好砚尤为难得。此意为后面的获赠"名端"起到了引领的作用，流露出自己感之深切以及获赠之欣喜和感激之缘由。"蓄"：蓄存，蓄藏。"苟"：姑且。"聊"：聊以慰藉。这几句的意思是说：选得一方好砚是多么的不易，尤其是像我这样的"山居"之人。平生聊存几方砚石，姑且慰藉心头之好，聊以自安其心。此四句为引起。

诗之起承转合不仅仅是格律诗的章法，也是所有为诗为文之规矩，古风亦然。既然前四句是起，那么，起之过后便是承了。"故人知我意，持赠结我欢"。很明显承由起入，句法相生。我识砚爱砚，却久不得好砚，故人知道我的心意，便"持"——拿来端砚赠我，以图让我欢心。这个"故人"所赠之砚可不是凡物，它来自"吾乡莘田氏，藏砚斋名端"的所藏名砚。从这一句起，他开始介绍"莘田氏"其人其砚。"莘田氏"：指清代著名诗人、砚石收藏家黄任。黄任，字于莘，又字莘田，自号十砚老人、十砚翁。福建永福人，为官清正，拂袖罢官。所藏砚皆精品。这就是说诗人获赠的这方砚来自黄任的收藏，必是一方无价之宝。既是名砚，可见诗人写这首诗以示感谢之意之深厚，也间接表达了所得不凡之物的欣喜之意。

在"莘田氏"的解释上，曾费过不少琢磨，也曾和诗词理论家舍得老师讨论过，当时最接近的解释是"莘田氏"应该是端州县官之眷属。感谢藏砚名家杨同学提供的资料让这一句得以正解。

这里的"斋"有家舍的意思，也有用心庄严的感觉。这句的意思是说：我乡里的归隐之人"莘田氏"是个爱砚之人，在家里悉心收藏着许多名贵的端砚。

接下来便是交代"莘田氏"这个人了，他为何能有那么多"名端"呢？原来他曾"出宰逢端州，一石不妄干。所藏无官物，完洁无微斑"。"出宰"：出任官职。"端州"：出产"端砚"的地方。这里是说"莘田氏"曾经出任"端州"的父母官。"一石不妄干"。"妄"：乱也。"干"：求也。意为"莘田氏"为"砚"和我一样，爱之痴心，选之严苛，求之有道，也间接表明了所赠之物绝非平常之物。而是和"莘田氏"的所有收藏一样"完洁无微斑"。这里的"完洁无微斑"是个双关语，既言物，也说人。既是对"莘田氏"所藏之物的赞美，也是对其自身品性高洁的赞美。其身为端州的父母官却"所藏无官物"，皆为自己收藏，当是"完洁无微斑"之人。

最后的结句强调了此砚之珍贵："二娘遗芳在，朱墨毋轻研"。"二娘"：顾二娘，为清时期的制砚高手，所制作砚台秭纤合度，巧夺天工。当时的文人墨客皆以能获得顾二娘制作的砚台为荣。这里他以"二娘遗芳"来赞美此赠砚，可见此砚之珍贵，以至于"朱墨毋轻研"，不要轻易来使用它。

诗人识得一首好诗如同获得一个珍宝，更莫说该诗出自一位八十四岁老诗人之手。从某种意义上来说，它也许是何振岱生平的最后一首诗也说不定，所以这首诗对于何振岱研究者来说可谓弥足珍贵。它的价值不仅仅是它的艺术性，更重要的是它的史料感。它的失而复得，能让我们一窥诗人晚年时的心境以及窥见其作品在不同时期的风格。诗写其人，人言其志，岁月和故事都藏在字里行间。多亏了何振岱的后人何欣晏女士的珍藏让这首诗面世，将这颗珍珠捡回，让我们得以赏之、品之、存之、研之。无论如何，它将会是今后何振岱作品修订本中必然增添的一笔亮丽。额手称庆，共赏之！

"泉"释层层人生意，愿心如潭共清澄

理安寺泉

百涧竞成响，一潭私自澄。

紫苔下绝壁，小凳为幽亭。

声外尚含秋，意中欲无僧。

久坐闻香气，何必存禅名。

江湖流浊世，湍激何时平。

真当守此水，心根同孤晶。

人们通常公认的何振岱的代表作品有两首，一是这首《理安寺泉》，还有一首是《鹤涧小坐·理安寺前》。点开百度词条搜索"何振岱"，在人物的相关解释之后，词条上列举的他的代表作品就是这两首。在他的同题诗中，还有一首《理安寺》也常被人视为他的代表作品。这些作品风格清奇高雅，干净利落，处幽不晦，寓意深邃。可以看出"理安寺"时期正是何振岱创作的巅峰时期。

理安寺古称涌泉禅寺，位于杭州，因它建筑别致，周边山水景物清雅含幽，曾有无数文人墨客为之题咏，留下诸多诗篇。何振岱的"理安寺"诸篇可谓其中翘楚。

这是一首古风。三平韵。诗句有意避开律句以近古，韵则规于词韵之中，有一种既自由又不放纵之感。

整首诗呈收放之势。每一联上下两句皆一放一收，一远一近，一物一我，一虚一实，可谓收放自如，虚实相衡，物我交融。加之贯穿其中的声静相对，纤维互映，构成了本诗的诗意所在，景物当中蕴含的人生感悟与感叹又如诗之筋骨为诗中增加了力度。所以这首诗能成为他的代表作品绝不是空有虚名。

诗一开始"百涧竞成响，一潭私自澄"便是一放一收，一远一近，一动一静的表达。上句描写了一个整体氛围，在五字之中写了景之大："百涧"。景之繁："竞"。景之满："成响"。"竞"之所以为"竞"，意为多矣。山涧百流竞逐成响，轰鸣之声满山满谷，这就是这开篇五个字所带出的氛围。这个氛围的"大、繁、满"即为"放出"。其作用是为了给下句的"收"提供条件，以凸显出下句"一潭私自澄"中"一潭"之象的孤、静、澄，从而让两者形成强烈的对比。其表现是：以"百涧"之繁，对"一潭"之孤；以"竞"之动对"私"之静；以"成响"之声响百汇对比"自澄"之宁静澄湛。如此达到转化与对比自现，诗意也随之而来。这两句中"竞"和"私"应是句中之眼，以争与不争的人性化灵动直接托起了前后两个截然不同的状态，即竞逐争流和默然清澄。以激流轰鸣为背景烘托出澄泉的幽静以及远世和无争。

同时两者对比中产生出的冲击感，也使得"泉"为之凸显，让"泉"之主题脱颖而出——因为"潭"即是"泉"。

"萦苔下绝壁，小甃为幽亭"。"萦苔"：成团的青苔。"小甃（zhòu）"：小块的砖石。上句以"萦苔"的细小对比"绝壁"的巍峨，"绝壁"是大景致，"萦苔"是小描写，这就好比是骨络中的血肉填充，让诗显得丰满。而"萦苔"的色泽感和"绝壁"的峻峭感与下句的"小甃幽亭"之间相互呼应则透出了满满的诗意和美感。

"声外尚含秋，意中欲无僧"。"声外"：百流声响之外，这里也指山外或世外。"声外尚含秋"指山外的秋意未消，秋色仍在。而我只意在此情此景——"意中欲无僧"。"欲"：想要，希望。"无僧"：这里的"僧"不是通常意义上的僧人，而是泛指"人"或人事烦扰。这一句和首联的"竞成响"与"私自澄"一样，以双关来寓意。心中不想有任何的世间烦扰，即是"无僧"之意。

到这里为止，前三联皆为对仗。在诗词当中，当起句以对仗之法出现时，其内容多为表严肃、庄重之意，此诗亦然。何为对仗？对仗是上下句之间字数相等，词性相对，结构相同，意义相关，两句间有承接、递进、因果、假设等关系。其作用是表意凝练，给诗以一种庄重之感，同时又抒情酣畅，让诗具有美学意义。比如"萦苔"对"小甃"；"绝壁"对"幽亭"；"声外"对"意中"；"含秋"对"无僧"。他在这连续三联的对仗当中，完成了对景的描写："涧""潭""萦苔""绝壁""小甃""幽亭"。环境的营造："百涧成响"，"一潭自澄"；"紫苔（下）绝壁"，"小甃为（幽）亭"。以及意的引出："声外含秋"，"意中无僧"。这三联整齐的对仗也为后三联的自由与变化起到了收束和稳定的作用，让后句中的意有了自由挥洒的空间但不致游离，所以后三句中"久坐闻香气，何必存禅名。江湖流浊世，湍激何时平。真当守此水，心根同孤晶"便有了意之挥洒："何必留禅名"；心之激荡："湍激何时平"和愿之归处："心根同孤晶"。

"久坐闻香气，何必存禅名"是上一联的进一步延伸。"存"：存心，留神，关注的意思。和上句一样，为美景所吸引，想要忘却世上烦扰。"禅名"同样不是僧人之名，而是红尘人世的别称。"何必"句流露有轻蔑和唾弃之感及隐世之心态——我坐这里闻香逐意，何必去留意那些无妄之事呢？但即便是"意无僧"也不想"存禅名"，但胸中仍难以平静，因为"江湖流浊世，湍激何时平"。

"江湖流浊世，湍激何时平"这一句在前两联想要忘掉世间纷扰，追求"无僧"之境中来了一个小起伏。我想要追求"无僧"之宁静，但是我得不到，因为江湖流浊，湍激未平。这一联也同时巧妙地回扣了首联"百涧竞成响"的声像之态。

世事如此这般污浊横流，何时动荡能够得以平息？便自然地引出了下句："真当守此水，心根同孤晶。""此水"：即澄泉。"心根"：心底的最深处。"孤晶"：孤高，澄澈清明。这句是说：我真是应当守着"此水"，让心底同这泉水一样澄净而清明。"真当"二字中，此"真"便是"非真"，流露的是他的无奈感，而期待让心底澄净是他写"泉"的用意所在。

这首诗的寓意之深才是它真正的价值所在，写竞流寓尘世，写繁响寓纷扰，写澄泉寓人心。字里行间，景中寓意，意中带景。表面上在写泉，实际上是写心。追求的是心底泉水般的平静和清澄，同时又有逃不掉的烦恼和无奈。艺术表现上的收放自如，虚实有致，让他在深刻当中又不失美感，所有这些因素方才促成了这首诗，使其达到了一个高峰，也使它成了何振岱诗作的一个标志。

《闰七夕洪山桥酒楼》的前世今生

原稿：

闰七夕洪山桥酒楼

西村江水带平田，灾后农家尚有年。
人伏稻丛惟见笠，羊循草路不须鞭。

微觉暑残凉意生，池荷犹送晚香清。
停车山径知何意，记听寒蝉第一声。

布帆一片是渔舠，天卷长虹入小窗。
枫叶芦花都未有，只凭寒日看秋江。

松间千百点流萤，照见二更江路青。
我爱轻凉足醒酒，凭渠疏雨换明星。

修订稿：

洪山桥酒楼小集

西村江水带平田，灾后农家尚有年。
人伏稻丛惟见笠，羊循草路不须鞭。

百年江市变荒凉，瑟瑟残楼断水香。
欲与荷花寻旧约，蝉声五里到洪塘。

大树通檐隐半身，时鱼上网斫青鳞。
一楼秋事知谁称，不着诗僧即酒人。

晚潮已落见渔舲，天卷长桥入小窗。
枫叶芦花都未有，只凭寒日看秋江。

《闰七夕洪山桥酒楼》是何振岱颇为满意的绝句作品，一组四首，其第三首最为著名。这组诗最早收录在陈衍与钱仲联编纂的《近代诗钞》中，后收入何振岱《觉庐诗存》倦余集·卷二。在《觉庐诗存》里诗人做了较大的修改，所以前后对比，两书中的诗有了不小的差别。其题，其诗，其句，其意，其感觉，其结构，都在变化，其变化中流露的虽是艺术感觉的不同，从中可窥见的则是他心境的变迁。所以今天有兴趣来谈谈《闰七夕洪山桥酒楼》前后两个版本的不同之处，尽可能多地找出这些变化，寻找出他的艺术轨迹并由此挖掘出诗人的人生种种。

我们先从诗题说起。

原诗题《闰七夕洪山桥酒楼》，后改为《洪山桥酒楼小集》。先说说这两个不同的题目。原题中有"闰七夕"的时间特指。何为"闰"？"闰"即双也，在中国历法纪年中，闰年有十三个月，即在闰年中有某月为双月，是为闰月。此题中的"闰七夕"表明了这首诗作于某年的闰七月，也就是这一年中的第二个七夕节，所以叫"闰七夕"。这一个"闰"字看似不起眼，但循着这个字，让我追寻到了这组诗创作的确切年份，让我知道了该诗作于1919年诗人五十二岁时，修

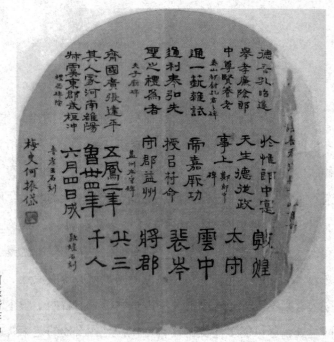

何振岱作品

改于约 1938 年《觉庐诗存》成书前诗人七十岁左右。从前后不同的诗题来看，作者在修订稿中去掉了"闰七夕"这个特定的时间概念，这大概是因为"闰"在原诗中只是时间的记录，在诗意中并未体现，所以在后集中，这种时间概念已经淡化，所以他去"闰"，只以地点来记之。不过我认为，正是"闰七夕"这个特定的时间让"洪山桥酒楼"有了特定的意义和更丰富的内容，烘托出了"洪山桥酒楼"的气氛和情感。而修订过的题目与诗中内容虽具有更完善的统一，却过于中规中矩。没有了"闰七夕"的年代感，同时也失去了蕴含在其中的饱满的气氛。让身临其境之感消失，这是时间的隔离。

第一首：

> 西村江水带平田，灾后农家尚有年。
> 人伏稻丛惟见笠，羊循草路不须鞭。

这一首是在整组诗中唯一没有被改动的诗。它之所以没有被改动我想是和它的"首篇位置"有关。我们说过起句的作用是为定调，是"情调情味之定"。那么在一组诗里，首篇的作用就好比是一首诗中的起句，为整组诗定调。这组诗里的情调情味如何，是喜是悲，是愁是怨，皆为这个首篇的马首是瞻。既然如此，那么后诗或后句即循调即可，所以这第一首便有了不改的理由。

第一首诗写的是酒楼之上的登高望远，村庄，江水，农田，田中的稻，稻中的人，以及田野上的小路，小路上的羊群，一幅平静的乡村景色。但平静之中又暗含着不平，那就是"灾后农家尚有年"中的这个"灾"字。这"灾"字便是这组诗的调，所以前后两版的改与不改大多围绕着这个"灾"字所暗含的情味来进行。

第二首：

> 微觉暑残凉意生，池菏犹送晚香清。
> 停车山径知何意，记听寒蝉第一声。

修订版：

> 百年江市变荒凉，瑟瑟残楼断水香。
> 欲与荷花寻旧约，蝉声五里到洪塘。

到第二首便面目全非了，改得一句不留。为什么？理由有二：一是情味，二是结构。

从情味上讲，原稿中无论是"微觉凉意"，还是"池菏香清"，抑或"停车寻意"，还有"寒蝉初鸣"，其中流露出来的"惬意"感，和上篇中的"灾"所定下的情味是相隔离的，因为灾字一出必有其忧。在一组诗中，其情味相距不可太远。诗人显然是意识到了这一点。在修订后的这首诗中，从"江市荒凉"，到"残楼断香"，从"寻旧约"到"到洪塘"，无不承接着"灾后"之景、之意、之感。让人一路读下来没有了突兀和旁逸感。情味若相通脉，络则不断，读时便有了情感上的顺接，这便是结构的稳定。

这首修改稿显然是第一首很自然的承接，是前一首登高望远，不同角度的转换，是它的延续、发展和深入。从这一点上看，这是相当不错的改变，考虑到了诗的整体，从中也可以看出，此时诗人对于诗的整体认识有了一个不小的飞跃。

第三首：

> 布帆一片是渔舠，天卷长虹入小窗。
> 枫叶芦花都未有，只凭寒日看秋江。

> 大树通檐隐半身，时鱼上网斫青鳞。
> 一楼秋事知谁称，不着诗僧即酒人。

第四首：

> 松间千百点流萤，照见二更江路青。
> 我爱轻凉足醒酒，凭渠疏雨换明星。

> 晚潮已落见渔舠，天卷长桥入小窗。
> 枫叶芦花都未有，只凭寒日看秋江。

原版的第三首绝句相当地出名，在关于何振岱诸多研究性论述中多有提及。据说，这是何振岱最为喜欢的一首绝句，同时也极为他的贤友大儒们所推崇。这首诗清冽干净，运笔利落，毫不拖泥带水，却把视线中的动感"渔舣"，色彩"布帆""长虹"，意象"枫叶""芦花"，以及心意"只凭寒日看秋江"的表达诠释得淋漓尽致。何振岱是个感性之人，这种感性表现在作品中，是常流动着一种情愫浓酽不开。而在这首诗里我们看到的是，诗人临窗望远，眼前有布帆悠然远去，有江风徒自吹来。看不见"枫叶芦花"却能装点诗意，傍晚日落江心却得窥日中之"寒"。四句中不着情字却情自在其中。整首诗画面感极强，而人物则就在那画面当中。它的宽阔和大气有一种将所有的景色尽收眼底的统领感和由"感悟"中而来的升华感，所以，这首诗在修订版中被放在最后一首作为"总结"是极好的安排。

修订版还将第一句"布帆一片是渔舣"，改成了"晚潮已落见渔舣"，第二句中"长虹"改成了"长桥"。"长桥"的修改不用说是为了扣应题面中的"桥"。而"布帆一片是渔舣"，与"晚潮已落见渔舣"前后的不同，则让我们看到了他前后诗风的变化，前者清凌干净，后者圆润温存，将"布帆一片"改成"晚潮已落"，其用意大概是为了变实为虚，增加诗意，却和诗题一样显得中规中矩，失去了原句中那种干净利落的透视感。情感也上犹豫粘黏，缺少了点个性。我想他大概是为"稳"而如此。这兴许就是经历的不同、年龄的不同在诗中的表现吧。

在两组诗的变化当中，其最大的变化是在结构的变化上。在原诗的四首当中是没有起承转合的，整体的情感搭配也"隔"。在修订版中，他不惜换掉两首来纠正这一点，并用"大树通檐隐半身，时鱼上网斫青鳞。一楼秋事知谁称，不着诗僧即酒人"替代"布帆一片是渔舣"的位置，其用意不言而喻。这修订后的第三首诗让人物从景后走到了台前，让前两首景物的"瑟瑟"唤起了一腔愁绪——"一楼秋事知谁称，不着诗僧即酒人"。这不就是起承转合中的"转"嘛！

修订版第一首写"灾"，第二首承"灾"之意，第三首人物出现，第四首做了总结。完美的起承转合，无形之中有了一种"稳重"感。

修订版的艺术表现更加娴熟，但也有情感上的粘黏和迟疑，多了些艺术，少了些洒脱和自由。这大概就是年纪不同，心绪也不同吧。我们说，诗言志，诗写心，诗的语言最是人心的写照，只言片语中流出的是心境的变化。如果让我从这些诗句不同的感觉中去勾勒诗人的形象和个性，那么我会说，前者是谈笑风生，后者是温良娴静。前者是恣情潇洒，后者是谨言慎行。这就是诗的魅力所在。

琴中亦含笳中悲

闻　笳

秋人无美睡，秋笳偏哀鸣。

一鸣辄不已，夜气空峥嵘。

飞霜屋顶白，苦月牯头明。

楼空戍妇泣，林黑巢乌惊。

鸣笳尔何为，凄厉当山城。

自闻此鸣笳，无岁无用兵。

回思光绪初，连墙皆书声。

悠扬送微风，到耳和以清。

夜深有卖饼，巷静闻人行。

醒睡并安贴，城野忘承平。

笳声乃至恶，使人无欢情。

吹者定非人，不然先泪倾。

　　季秋从市间购一琴，背有篆文"松雪斋"三字，池心
镂隶文：光化二年。盖吴兴所藏，为唐昭宗时制者，至今逾

千年。蛇蚹断文古色斑驳，试弹之，音响清越。予于辛亥年曾购得许瓯香家琴，曰"悬崖玉溜"者，乃至正元年钱塘张君翼断，间有梅花纹。未几失去，闻在京师某权贵家，思之心痗。邂逅此琴，聊以自慰。然此两琴皆在风声鹤唳中得之也，长歌以志之。

> 名琴难遇如名辈，我昔所得殊灿然。
>
> 瓯香馆藏元代斫，弦丝触手鸣风泉。
>
> 匹夫怀璧苦不戒，瞬息流转归幽燕。
>
> 风凄月冷时一念，宛若绝塞沉婵娟。
>
> 今秋一琴巧邂逅，断纹斑驳如汉钱。
>
> 腹文纪年曰光化，展代胤相惟兹年。
>
> 是时和陵困阍寺，朝士若解耽鸣弦。
>
> 就中只有韩致尧，爇花封箧流闽川。
>
> 此琴得毋公所有，与南亭诗同流传。
>
> 沤波小榭嗣清响，倡和更赖闺中贤。
>
> 二公家国俱有恨，郁绪正藉弦中宣。
>
> 邻坊许子知应笑，身世汝亦嗟桑田。
>
> 西风瑟瑟霜满天，试温旧谱秋灯前。
>
> 世间得失不须念，横琴作枕聊安眠。

　　五言作引，中间夹序，后七言正文，这种形式第一次见到。从内容和形式上看，这上下两首诗各自独立似乎更为合理些。其下言琴篇应另有其题。现在归为一体，也许是出版时掉题也未可知。不过以"闻笳"为引，倒也不失味。笳声入耳兴起牙琴之思，在情感上也合情合理。所以姑从其旧，一以论之。

笳，即胡笳。是我国古代北方少数民族的一种管弦乐器，似笛。胡笳吹奏，音声悲愁，多用以形容怀念或悲切的心情。所以感笳作诗，即所赋悲愤之诗。最著名的当然是蔡琰的《胡笳十八拍》，还有杜牧的《边上闻笳三首》"何处吹笳薄暮天，塞垣高鸟没狼烟。游人一听头堪白，苏武争禁十九年"以及岑参的"君不闻胡笳声最悲，紫髯绿眼胡人吹。吹之一曲犹未了，愁杀楼兰征戍儿"等句，不胜枚举。

此"闻笳"亦是。二十四句，声声凄厉，字字含悲。句法上有意识地避开律句，多用三平三仄收尾（如偏哀鸣，辄不已，牦头明等）。语言通俗而奇崛，乐府之风颇显。

此引分为三层，开篇写秋夜难眠，却偏有笳声悲鸣，悲鸣不已，似乎让空气都变得沉幽狰狞。秋里愁人加上夜里悲声，此谓愁上添愁矣。为何愁，兵荒马乱，"无岁无用兵"——没有不是战乱的年月。谁在愁：闻此笳声，戍妇夜半泣，林鸟为之惊，凄厉声声声不断，苦情苦意在山城。愁如何：秋夜胡笳声中难入眠，愁望苦月当头飞霜染顶。此为第一层。

第二层为回忆。用当初光绪初年之情形对比当下"无岁无用兵"之悲苦。当年是家家"连墙"皆闻读书声，夜深店铺门不闭，巷静往来有人行。题为"闻笳"，"闻"即听声。这里以"微风""悠扬""入耳""和清"以及"巷静"的脚步声等声音的描写来应题中之"闻",用以对比筚声,突出筚之悲切,让两相在声音背后的生活状态对比也显得更加的鲜明。那时候睡时安稳,醒来适意,城里乡村安享太平。而此时却是"秋人无美睡"。妇也泣,鸟也惊。此为第二层。

第三层回到了筚声中,毫不客气地表达了对此筚声的厌恶之感,称之为"如此恶"——"乃至恶",毁了人的心情——"使人无欢情"。最后两句是对吹筚人的抱怨。"吹者定非人,不然先泪倾","非人"是个埋怨词,责备的意思。这两句的意思是:吹筚者你怎么能这样呢?不是如此我是不会流泪的。此结在怨上,也结在悲中,既有感性,也有率性,表达其因闻筚而不爽。

此《闻筚》三部分中,开篇五言是一个物,托物起兴,用筚声引出所咏之词,那就是"琴"。

序中简单介绍了新购之琴的来历、状貌、文字、音色。所言尽显珍贵,珍爱之情溢于言表。同时忆及了所失之琴,禁不住为之悲苦忧痗。此两琴得来不凡,故长歌以志。

序中先言新琴,在正文中则以昔日之琴开篇。写遇一名琴犹如遇见名流贤士一样困难。昔日的那张琴来自许瓯香所藏,为元代所制。触手弹拨犹如风声悠扬,如泉声清脆。这里的许瓯香是指清朝初期著名诗人和书法家许友。许友,字有介,号瓯香,福建侯官人。其工书善画,早年家境优越,生活奢靡,"有石林别墅,每日邀诗友社集其中"。可见琴出自许友之手必非凡物,所以作者以"璧"喻之。可惜"匹夫怀璧苦不戒,瞬息流转归幽燕"。这里的"匹夫怀璧"是个典故，意思是普通人若怀有才干或怀有宝物易引发祸端。"不戒"：不能惩戒，无法警戒。这两句的意思是说：可惜我作为一个普通人若怀有宝物是无法防止他人掠夺的，所以我的琴"瞬息"就流失到了"幽燕"——也就是序文中说的京师之地，流到了某权贵之家。每当月冷风寒之时想到此琴，仿佛沉落在天边的月亮那样遥不可得。这就是"风凄月冷时一念，宛若绝塞沉婵娟"。

痛述过昔日之琴，紧接着开始介绍今秋新购之琴。首先，这一琴是偶尔所得，所谓的"巧邂逅"。此琴有着钱币一般的斑驳断纹，腹文记有"光化年间"字样，即此琴制于唐昭宗年间，一代一代传到了现在——"扆代胤相惟兹年"。"扆"通"依"。"胤相"：相传。"惟"：助词，无特定意义。"兹年"：到了现在。此若干句皆为"腹文"所记载之内容。大致是说，那个时候正是皇家和陵之时（约封墓或合葬之类），此事为宦官所把持，朝官们噤若寒蝉，无人敢弹琴弄弦。其中只有叫韩致尧的人，用蜡将此琴封在琴箧里，使其流落到了闽地。这就是："是时和陵困阉寺，朝士若解耽鸣弦。就中只有韩致尧，爇花封箧流闽川。"这一段从"今秋一琴巧邂逅"一直到"邻坊许子知应笑，身世汝亦嗟桑田"都是在讲这琴的主人韩致尧。这韩致尧可是个大名人，即唐代著名诗人韩偓。唐昭宗时曾官拜左拾遗以及兵部侍郎等，"昭宗数欲以为相，皆辞让"。韩偓十岁能诗，最出名的事是李商隐题赠给他幼年时的诗句："十岁裁诗走马成，冷灰残烛动离情。桐花万里丹山路，雏凤清于老凤声。"后韩偓因累避闽，故此琴亦随其入闽。这张琴得到和流亡都是韩公所有，与他的诗一样流传在世间。"公"即指韩偓，"得毋"：同"得亡"，得无。流落闽地后，他常常在水边，檐下弹弄"清响"，与家人相互唱和。但想到一琴流失于战乱，一琴得之于战乱（辛亥之年），故又感慨良多。"二公家国俱有恨，郁绪正藉弦中宣"。"二公"即许瓯香和韩偓，"二公"都有家国之恨，所以抒怀解郁都借以在琴弦中得以宣泄。同是闽中之人的许友"许子"知道了这个故事可能会笑吧，身世的变化多端也会让您韩公感叹世事的沧海桑田。

介绍完此琴的来历，又一番感慨得以宣泄。我还是坐在灯下试着温习"旧谱"，不再顾念世间得失了。且横琴当枕聊以安眠吧——这就是最后两句："世间得失不须念，横琴作枕聊安眠。"

我们读这篇诗文，重在寻找诗文人生的种种痕迹，品诗则在其次。不过诗好，品味自然就在诗意流动当中。比如在序文和正文中两琴出现的先后顺序的不同便可看出诗人的用意何在——使之有所变化避免单一，这就是他用笔的老到。同时在描述和叙述之外他又有为国为己的深郁惆怅和痛感，这是何诗的特点。

寻着诗句，我们寻找着琴的来处和归途。两张琴一制于唐，一制于元，可谓旷世之宝。正因为它们的珍贵，一得之于战乱，一失之于战乱，毫无例外都交织着家国情仇。原以为他以筲入琴是为对比，却不料筲中之悲琴中亦含之，这是时代的哀叹！

终究不知两张琴今天的命运如何，是否都还在世间珍藏？无论如何，无论在哪里，那琴上都会有一个爱诗爱琴的老人的气息。无论它们在哪一个角落，都会有一双眼睛在注视琴弦，有一双耳朵在倾听清响。有琴在，诗就在，情也在！

尝以诗思以论之

东风第一枝·忆家中二梅

　　绿鬟斜敧，红心暗沁，娉娉忆傍檐甃。寻惊翠
毂芳尘，炫目玉虬晴昼。虚廊笼袖。看啅雀、因风
飞骤。正向晚、月丽风柔，一掬春愁微逗。

　　归梦好，南枝袅遍，离绪积、北溟寒又。年芳
腊底江鱼，客趣雪中蒭酒。销魂依旧。算此际、新
开时候。甚绿窗、消息来迟，可念咏花人瘦。

　　何振岱，字梅生，晚年自号梅叟，多有诗词颂梅之高
洁，可见其爱梅之深。何家植有红白二梅相当地出名。其名
皆出自何公的多篇诗词，比如此题中所咏之梅便是。还有
《绿意·扬子江舟行，雪中见雁》中那句"好梅花、着后须
归，恰趁汉南春暖"，也是这"家中之梅"。再比如"坐来
无事行偏倦，为梅花、偶出帘栊"，也是此梅。更有《扫花
游·岚君以家中梅花两朵封寄，题曰家园春色，为拈此解》
等等不胜枚举。

此次选解这首词，缘自三年前的何振岱诞辰一百五十周年诗歌朗诵会，在为那次朗诵会准备诗歌时，因了这首词我创作了《双梅吟》。其吸引我的是最后几句："算此际、新开时候。甚绿窗、消息来迟，可念咏花人瘦。"这句子看似无奇，却在平淡之中透出了一种质朴。这种质朴感相比较那种浓情华丽的表达更能拉近读者。加之何公平生对此"家中二梅"之爱意，故这首词看似无奇，却无形中承载了许多让人放不下的东西。

　　说它"无奇"，很大程度缘于他的写作特点。该词特点打眼看去因循传统，平稳守旧。前由"兴"起，由景入情，中间过渡，循序渐进。毫无波折，突起，惊转，旁触，套用之法，就是那么徐徐道来，却在细忖之下总有一种平静的力量，似小弦轻弹，直入人心！

　　我们说，词的起，讲究的是"开门见山"，清丽浅白，开口必让人听个明白。尤其对于这种"慢调"来说，宜"单刀直入"，紧扣题意，然后笼罩全篇。也就是说，起句便需定住题面，后面则顺势而下。此作便是。

　　题为"忆家中二梅"。何为"忆"？"忆"乃心中之象也。所以我们看他开门便以"忆"起，以心中之象扣题，这便是"绿鬘斜欹，红心暗沁，娉娉忆傍檐簦。寻惊翠彀芳尘，炫目玉虬晴昼"。此五句种种，看似实景，却是虚像，也就是说，凡此五句皆非眼中实景，而仅是心中之印象，这便应了题中的"忆"字。我念中之梅如何？那是"绿鬘斜欹，红心暗沁，娉娉忆傍檐簦"。"绿鬘"：指梅之绿叶枝头。"欹"：古

054

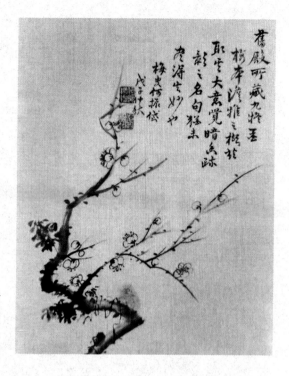

何振岱作品

同"倚"。"娉娉"：轻盈美好貌。"檐甓"：屋檐。这写的都是他的"忆"中之象。此"忆"象，有时感的推移，有人物的参与。在时感的推移上，从"绿鬟斜欹"到"红心暗沁"再到"翠縠芳尘"，再到"玉虬晴昼"皆是二梅不同时间、不同季节的表达。在人物的参与上，这里的人是实像的虚写。看似人在"寻怅""炫目"，但这个"寻怅"非真寻踪，"炫目"亦非真炫目，仍是虚幻的"忆"中之人，犹如虚幻的"忆"中之梅。这就是说，他把自己也放进了"忆"之当中。其目的是既增加了忆中之情，亦增加了诗中之美。效果犹如电影蒙太奇一般——以此时之身"忆"彼时之影，达到现之形、表之情之目的。再加以对应"忆"中二梅之姿、之象、之态，美感由此而生，深情亦由此而发——此为虚幻中的虚与实。你看他，想想前想想后，看看上又看看下。写了梅之绿叶，写了花之初绽，写了碾落成尘，写了妖娆炫目。最是绿叶枝头时，或如红心暗沁生，斜影傍檐，娉娉袅袅，纵落地成尘依然芳，玉枝炫目醉晴昼。可见其思之切，忆之深。美句化然，情因之而生！

说完了"忆"中之象后，开始写"忆"之人。他以"我"为角色，在上阕的下半段，围绕着"忆"说开了去。写了何处"忆"，如何"忆"，因何"忆"，春愁何"忆"，等等。何处"忆"："虚廊"——空空的长廊。如何"忆"："笼袖"独立。因何"忆"："看啅（zhuó）雀、因风飞骤。正向晚、月丽风柔"。"忆"之何：忆家中梅花，风中正好，檐下妖娆。这便是"虚廊笼袖。看啅雀、因风飞骤。正向晚、月丽风柔，一掬春愁微逗"中的所有表达。"啅"：雀噪鸣之雀。"微逗"：轻撩起的一缕春愁。长廊虚空，孤独感油然而生，笼袖独立，在空寂中又透出几分清冷。此时向晚，噪雀疾飞，仿佛在月下飞上我梅花枝头，想那梅影袅袅，必也正沐此明月清风，此时此景怎不撩起我一掬春愁。

此春愁便是乡思之愁，此愁感意满满，却以"微逗"以诠之，这便为全篇定了调——委婉又平静。以平静之态，表梅之种种。"忆梅"即念家也，以忆梅之深表想家之切，读来更有惜惜之感。

上阕写了因空廊独立撩起念家之愁，下阕则是客居他乡与忆中之相的交织与反复。仿佛是在梦境与现实中进进出出："归梦好，南枝袅遍"是梦境，"离绪积、北溟寒又"回到了现实。"年芳腊底江鱼"是梦境，"客趣雪中蓟酒"则又是现实。"算此际、新开时候"是梦境，"甚绿窗、消息来迟，可念咏花人瘦"则又跳回了现实。此梦非真梦，而是思之为幻也。这是两种情绪，两种状态的交织，反映了羁旅之人的心绪杂乱与愁怨。而梦境与现实虽跳跃却无痕，转换得自由而又自然，这便是文字运用的功力了。想归去，家在梦中，每一枝梅都在意念中随风袅袅，此离愁别绪让北方更添寒意。倘就梦中之江鱼，举客居寒雪中之蓟酒。慰我乡愁，销魂依旧。单单看此处，家乡能在梦中已是美事，他以幻中乡景江鱼佐以北地之酒来写思乡之意，令人读之垂泪。如此之痴情，难怪会"咏花人瘦"。

这首诗，表面上看似平静，实际上却是浓情涌动。这种浓情，需要你把自己放进诗里细细品味方能得之。正如我老师所说的"要以诗思而论诗"。只有让自己进入诗的境界里来论所论之诗，才能以诗的涟漪和所论之诗形成谐波。如此方能达到"以我为主"去感受诗意，用自己独特的视角去挖掘不同的东西。在诗词里，所有的概念都不是孤立的。读诗和论诗是一个道理，我们化身入境，品味诗中意象，体会诗之真情，方得诗之大美，触及诗之魂灵。诗思在，诗就在。共赏！

拈花为解花中情

扫花游

岚君以家中梅花两朵封寄，题曰家园春色，为拈此解。

何振岱

一般春色，甚苦爱家园，手栽偏好。信风恁早，料芳心也念，爱花人老。细裹亲开，却讶题封字小。是纤手、自摘取树梢，闲起清晓。

寒悄乡梦杳。忆竹外斜枝，酒阑千绕。远香暗袅。算心情未减，樽前年少。迢递风光，与子拈来微笑。庭月皎。约依然、碧栏双照。

这首诗四年前读过，今天再读，感觉依然是那么熟悉和新鲜，可见四年来并未忘却过。打动我的，是词中细腻又自然的真情和雅意。信风传的真情，梅花递的相思，拈来都在心里。

这是一首思亲的词，写给他的妻子郑岚屏。其时游子离家，妻以家中梅花寄之，诗人便拈花填词，以解两地思念，这便是题中"为拈此解"之意。

词牌"扫花游",又名"扫地游",双调,上下两阕,为周邦彦所创。因其词有"占地持杯,扫花寻路"句,故一句得二名。有人写此牌时常以"扫花游/扫地游"这样的形式将两个词牌名同时挂上,以示郑重其事。此牌调取清真词,多叙闲愁,清新而意雅,颇合何氏的作品意味,这也当是何振岱多选取此类词牌的缘由。

上下两阕。上阕写了异乡之人正苦念之时收到了妻子寄来的两朵梅花,并有小字题款"家园春色",遂从想象描绘了爱妻摘取梅花时的情景。下阕写了对家园的回忆和对妻子的思念。整首词描写自然温蕴,恬淡又细腻,对动作和心理的刻画尤其细致入微,却又繁简有致,情真意切。与他以往的写异乡羁旅的愁肠百结不同,这首词虽写思念却无愁感,满篇都是暖暖的爱意。

"一般春色,甚苦爱家园,手栽偏好"。"一般春色":同一般春色的意思。这里的"春色"点了题中的"家园春色",是对"家园春色"对话式的回应——"虽是一样的春色"。"一般"中透出的是春色相同,却是不同之地,呼应着题中之"寄"。这种明暗参差交织的开篇之法,有一种诗意涌动之下的相互呼应,不动声色地走入诗中,给人一种品味的快感。"甚苦爱家园"的断句应为"甚/苦爱家园"。"甚"是个重音词,"甚"后带"苦",强调了对家园之爱。虽两地春色相同,我却更爱我的家园春色,尤其是我"手栽"——亲手栽下的梅花。"偏好"读:偏 hào。这里自然地带出了"梅",

自然而然地引出了爱梅之切，也同时将妻子寄梅之用意以及诗人得梅的欣喜之情寄之其中。

这开篇中是说，想家了，想家中那两株红白梅了。想必你也是知道的呀，所以"信"早早地就来了。这就是后几句"信风恁早，料芳心也念，爱花人老"。"信风"有双重意思，一是指春风，二结合下句看，它就是"信封"的别样写法，用"信风"来表，目的是增加诗意，以去实就意。"芳心"当然是指妻子郑岚屏。这里写了两处相思，一种真情。才说家园苦爱，便有信风来早，寥寥几句让你看见夫妻二人结爱在深，心心相照。

下面是老人开信时的描写，"细裹亲开，却讶题封字小"。这两句是整首词的点睛之处，而其中的"讶"，更是词中之眼。"细裹"：小小的信封。"讶"流露的是惊讶、感叹以及感动。"题封字小"非在写字的大小，而是在那一行端正的蝇头小楷中，能看见爱妻一片用心和情意。两句中，信的形状大小，人物的动作、表情、心理，纤毫毕现。所以他感叹又思念，脑海里便萦绕着妻子摘取梅花的情景："是纤手、自摘取树梢，闲起清晓。"

上阕是叙述、感念、描写和想象。下阕则回到了现实当中，在现实与回忆中穿梭。有淡淡的愁，有暖暖的爱，更是深深的思念。"寒悄乡梦杳"，这里是上阕那感动和感念之后的一声轻叹——家园是如此的遥远，而我只能独受清寒。夜寒扰梦，不由得"忆竹外斜枝，酒阑千绕。远香暗袅"。这几句都是在回忆家中的情景，围绕着梅花，不离其题。"竹外斜

枝"指的是梅花，"远香暗袅"也是指梅花。在古诗词的意象当中，"斜枝""暗香""疏影"均是梅的特指。想起家园之梅，虽"寒悄乡梦杳"，我却"算"——思忖"心情未减"，仿佛人也变年轻了——"樽前年少"。为什么？因为有"迢递风光"。这里的"迢递"是"寄"之表达，"风光"仍然是在写"梅"，是寄来的"梅之风光"。正是这"风光"，让你我更感心心相印，也让我忘却了那寒夜之愁，乡梦杳杳。

这里的"拈来微笑"用了"拈花一笑"之典故。这个典故来自佛教的传说：相传当年释迦牟尼在灵山会上拈花示众，"是时众皆默然"，唯有一人破颜微笑。这是佛教里以心传心的第一公案，后人以此比喻心心相印。在这里我不得不感叹诗人用典之高明。古诗词用典讲究"无痕"，无痕而自然融入诗意是用典的最高境界，这里他做到了。诗人把这个典故完全融化在了诗句当中，化为了"融融的暖意"，让你感受深刻。前面说的"暖意满满"体现的就在这里，远离过去诗中常见的百结愁肠也体现在这里。这里是诉不完的思念，也是享不尽的关爱，伉俪情深都在那拈起的两朵梅花里。

最后两句"庭月皎。约依然、碧栏双照"。拈过梅花，拈过相思，拈过相忆，拈过感叹，这掂拈之间是心心相印，在恍惚间感念走进了现实，现实交织着思念。举目望月，双双碧栏伫立。恍然之间，你就在身边。承月色皎洁，有暗香涌动。这就是这煞尾处留下的袅袅余韵。

这阕词，有愁而不伤，有念而不黏。清风透叶，自然轻灵。细微的动作和心理入诗让人眼前一亮。在我看来，这是何振岱作品中的上乘之作。其情若真，必沁人心脾，豁人耳目。梅花一拈，解尽一腔深情。

卖花千万非属己，酒后才是自家春

以酒劳卖花叟

问年五十衰于我，出手千花只为人。

今日息儋偿一醉，酡颜还汝自家春。

这是一首七言绝句，读来轻灵、平易、自然。这是诗
到了一定境界的样子，看似平淡无奇，可信手拈来，处处都
是灵性。让人能感到一种岁月沉淀之后的自由自在，一种无
拘无束下的游刃有余，这是诗性到了一定境界时的贯通和交
融。我们读诗，不一定要寻找最美的诗句、最正确的表现，
挖掘最深刻的寓意。读诗，能读到作者的态度，能读到他从
年少时的锋芒毕露到晚年时冰清玉润的岁月沉淀，读到他身

何振岱作品

上的红尘静落，我想这就够了。真正的诗人到最后无不是返璞归真，用最简单的语言写最难忘的诗句，诠释最深刻的人性。这一首便是如此。

诗写到这个时候，和他前期的作品相比，感觉相距甚远。前者是平直清冽，现在是温润有余。前者是情感喷薄外溢，现在是态度内敛含蓄。前期是青年才俊的恣意才华，现在是广阅世事的贤者的慈悲仁厚。前期文采洋溢，却偶现艰奥，现在是娓娓道来却如行云流水。前期作品比如我们读过的《春感》四首："张幕悬铃"，"传书黄耳"，"吹浪江豚"，"飞茵坠溷"，"早虑风霾妨始蘖，靧面从来非悦怿"，无不是铆足了力气的倾诉。而现在文词平易，"志"却自在其中。这便是岁月带来的改变。

这首诗很简单，用简单的句子写了一个简单的生活小景，是一位老者和卖花人的对话以及他的感慨。寥寥四句，二十八个字，写了这么件事：卖花人来到门前，我问他的年纪，知道方才五十岁，却看起来比我还老。你卖花千万，那花中春色都是别人的。今日，姑且都放下吧，来来来，放下担子歇会儿，喝点酒。喝酒上脸，脸像花一样红了。且以此找回自家的春色吧。

简单的句子，层层剥去，却道尽了感叹。你五十岁，看起来比我还老，为什么？因为将"青春"卖给了别人——"出手千花只为人"。这是诗中套叠法的运用。花，意味着青春颜好，而卖花者却不等于花。花儿虽好，卖花，就是卖"春"，这里便是隐喻了。面无"春色"，不由得会想到杜甫的《卖炭翁》："满面尘灰烟火色，两鬓苍苍十指黑。"无论卖炭还是卖花，揭示的都是生活的艰辛和无奈。为了生活，不得不将"青春"卖掉。所以必"衰"。在这首诗里"春"是贯穿始终的，无论是首句的"衰"，还是"出手千花"，还是"酡颜还春"，都与这个"春"有关，它是一条线，串联着卖花人背后的故事。从开始的"衰"，到最后的以酒"还春"，这是构思的奇巧——无痕套叠，意意相生。因为它不仅有句的铺陈和勾连，首尾的呼应。同时也扣应了题目《以酒劳卖花叟》。又有花儿虽好，不是你自己的，青春随花儿而去，我能帮你的只能是在酒中找回的慈悲怜悯和同情。

看，剥离开来，这"简单"的诗里道尽了悲悯。

《中山诗话》中说："诗应以意为主，文词次之，或意深义高，虽文词平易，自是奇作。"此诗看似平淡，但层层剥离之后便是此一"奇作"，因为他让我们看见了蕴含着的"高义"。"诗言志"，什么是"志"？"志"就是意，就是你的情绪，你的思想，你的心意。写诗的目的就是要表达这个"意"。这首诗的意，便是他的体恤关怀和善良仁义。

诗之咀嚼处，字浅而意远，方为上品。而达到这一点，非人生的沉淀而不可得。我想，对于何振岱老人个人来说，诗的本质是修炼心性，其余都在其次。反过来说，心性有了，慈悲自在其中——这是我读这首诗所感受到的！

与君遥对月，同心共赏之

山居月夕同心与小饮
郑元昭

已无蝉唱只禽啼，古树方秋叶尚齐。

一角楼阴迎月早，四周山暝觉天低。

欲沽美酿询村店，自剪寒蔬就野畦。

恰得佳笺宜秀句，君吟我和称心题。

    不觉春已过，转眼秋正凉。居家的日子感觉不到季节的变化。看窗外，花开如春，可时光已经不是那时了。苍宇之下模糊了时间概念，日夜的变换已不再惊心的、惊讶的，只有这季节。相信这秋天的翩然而至应该是惊到了无数的人。春天关起门的那一刻，谁也不曾想到，到了秋季我们依然关在家里。2020 年硬生生在居家隔离中把人们从春天带到了中秋。

    好在美好的东西仍在继续。诗词还在，中秋的月还在。用这些美好作舟来承载心灵，无论这个世界流向何方，心终不会失落和飘零。所以，面对前辈留下的诗，感恩！举头看天上的月，感恩！还有那远去的雁影；拍岸的涛声；天上的流云；以及扫过鬓发的那一缕微风……还有，一次真情的祝福；耳旁的欢声笑语；远处的一串犬吠；树上的声声鸟鸣。中秋的日子里，感叹这所有的美好！以诗，以心，以爱，在这里，送去问候，愿君平安！

读遍了何振岱的诗词发现，他的中秋之作并不多见，在他的千余首诗词当中，写中秋的诗寥寥不过几首，赏读之下，我感觉倒是其夫人郑岚屏的中秋之作更适合这2020年的中秋，诗中的那份自在和暖意也许正是我们在这居家的无奈之时所需要的。所以，这期赏读我们且以这种娴静和雅致同度中秋，共赏美好。

何振岱夫妇合影

何夫人郑氏元昭，字岚屏，是清代名臣林则徐的曾外孙女。慕何公之才嫁之，从此恩爱一生，琴瑟和鸣。

这是一首七律，写了月圆之时同丈夫把酒赏月小酌浅饮，吟诗唱和之时之景。诗题断句为《山居／月夕／同／心与／小饮》。"心与"即何振岱，"心与"是他的号。在郑岚屏诗作百八十篇中，"题心与"占了其诗作的相当一部分。比如《重阳前一日同心与于山登高》《夏日寄心与北戴河》《初秋风夕同心与联句》《和心与晓起作画》《甲戌荷花生日，赋呈心与》等等。她一生称丈夫为"吾师"，诗中充满了对丈夫的崇敬、祝福、关爱、温暖和深情。比如"昨宵成一梦，菡萏遍池塘。记得花生日，教沽酒满觞。老来宜小醉，风里送清香。更为吾师祝，年年道力强"。这是真正的举案齐眉！

"月夕"特指农历八月十五日中秋节。明·田汝成《西湖游览志余·熙朝乐事》中有解曰："二、八两月为春、秋之中，故以二月半为'花朝'，八月半为'月夕'也。"月夕之时，美酒当前，坐迎月起，看山暝天低，月明净朗，想起为备今日中秋赏月而沽酒剪蔬之琐碎，动静互衬，兴感油生，诗意顿发。夫妻二人美笺之上，一吟一和，自成佳趣。

都说现代人懂得浪漫，可是此等浪漫怎不令我等现代人汗颜！

前两联"已无蝉唱只禽啼，古树方秋叶尚齐。一角楼阴迎月早，四周山暝觉天低"，四句写了季节、时间、方位、环境。首联"已无蝉唱只禽啼，古树方秋叶尚齐"均是写中秋之景，为应其题。中秋之时，蝉鸣已经没有了，只能听见

"禽"的啼叫声了。"禽"，是鸡鸭鸟类的总称，也是应了"山居"之题。为什么写"蝉唱"？因为秋去不远，古树方秋但树叶尚未凋落。"叶尚齐"不同于秋诗中常见的"寒叶""渐枯""霜色""疏离"等。仅此三字，便去了秋时的萧瑟之感，将中秋时的未寒之意立刻就带出来了，整首诗的气氛和情味也随之提起。如果说"已无蝉唱只禽啼"还有点寒意寥寥的话，那这里便是一种寒意下的温暖，所以说这三个字是这诗的"定调之笔"，它让整首诗的情调有了温度，即便是"楼阴""山暝""天低"也无损这种感觉，所以尾联的"佳笺""秀句"，才能相得益彰，相映成趣。

"一角楼阴迎月早，四周山暝觉天低"。"楼阴""山暝""天低"，是此时的环境描述，虽表面上阴、暗、冷，读着却不觉晦暗，反而有一种清和之美。原因皆在于前面的定调。此暖意引出的人心之暖，将秋夜之寒消尽，并以酒蔬为介，在前两联的幽深寒静的衬托和对比中增添了一笔灵动与雅意。这就是"欲沽美酿询村店，自剪寒蔬就野畦"。

基本上，这首诗是寒与暖、静与动、物与人、境与心的对比和交融。前面以景托境，后面写人寓情，中间以"沽酒""剪蔬"增加故事和动感。同时一个"美酿"让诗再次升温。表面上转句未接承句而重起，实际上为后面的"一吟一和"提供了素材和情趣。让夫妻互动中的满满爱意随之呈现。

读郑岚屏的诗，最大的感受就是诗中的温暖和爱。诗写人心，心中有爱，发言为诗。诗不必说情，情都在诗里。诗之所以为诗尽在于此。心如何，诗里是藏不住的。何郑二人诗中流露的一生伉俪情深，着实是羡煞了我等这类凡人。好在感相同，心也就相通，能让我们在诗词中穿越时空来感受诗人当年月夕之时的情与境，得些浪漫和美好！

今晚，无论你在何方，请将美好带走，把心装满。遥对明月，同心共赏！

一阕小令共品之

霜天晓角·读《饮水词》

相爱如身。相怜始是真。两两牵肠镂骨,算古
也、不多人。

愿心互亲。莫求人绝尘。只恐炉香窗月,些少
分、是前因。

赏一阕小令吧,世人都在寻找大义,我们只品味道。

这一阕词写的是读纳兰性德的《饮水词》有感。

《饮水词》是纳兰性德的词作集。取自南宋岳珂《桯
史·记龙眠海会图》"如鱼饮水,冷暖自知"故名。多写悼亡、
恨别、男女情思等。"作词皆幽艳哀断",在当时盛传一时,
故有"家家争唱饮水词,纳兰心事几人知"之句。

这一首也由此而来。

上下两阕,上阕写了对纳兰词的评价,下阕既写了对作
品所述之情的感慨,也是对人生的感叹。笔调情真意切,朴
质而意沉,无噬骨之意,却有涓涓之情。

我们说，对何振岱诗词特点的评价有一个共识是其作品的"深微淡远"。但是我想，这个评价更多的是对他晚年作品的评价，并不贯穿他作品的全部，所以他的晚期作品在其整个创作生涯中更具有代表意义。而读他的晚期作品重要的是先品其味，其后才是寻其意。其味淡雅，其意含润。没有了前期的啮齿苦悲，却有一种清远雅意和淡淡的伤感经久不散。比如"飞小了一行低雁"，"算此际、新开时候。甚绿窗、消息来迟，可念咏花人瘦"。"细裹亲开，却讶题封字小"。"问年五十衰于我，出手千花只为人。今日息偿还一醉，酡颜还汝自家春"。所有这些，用词用语平淡清绮，却淳朴动人。细微之处见大景，清淡之语述深情，这大概可以解作"深微淡远"之一意。

我们看这阕词。

"相爱如身。相怜始是真。两两牵肠镂骨，算古也、不多人"。很浅显易懂的句子，不需要特别解释，主要写读纳兰词的感受。在纳兰性德的《饮水词》中，有相当一部分是悼亡词，追念亡妻卢氏，或者是写远离家乡的离情别绪，大多是真情之作，写得真切感人。如他自己所说的："诗乃真声，性情之事也。"比如他的《忆江南》："昏鸦尽，小立恨因谁？急雪乍翻香阁絮，轻风吹到胆瓶梅，心字已成灰。"很显然，纳兰词中的镂骨深情打动了诗人，仿佛是合上书时的喃喃自语，沉浸在词中不能自拔。用低语慢絮诠释着书中情感：像爱自己一样相爱，自始至终都是真情真意。这种牵肠蚀骨的相爱，古来能有几人？这阕的亮点在于最后两句"算古也、不多人",事实上,这也是它吸引到我的地方。这两句近乎口语一般的句子,正是何诗返璞归真的标志,也是他的所谓的"淡"之所在,它像一个沉重的感叹号为前几句做了注脚,平淡却不单薄,其中透出来的意味仿佛能听见作者掩卷长叹时那沉重的呼吸声。

"愿心互亲。莫求人绝尘。只恐炉香窗月,些少分、是前因"。这下阕便是他的愿望和祈求了。只是这种愿望和祈求不仅仅是对个人,也是对全天下的人。祈愿人们相亲相爱,不要分离。但是,愿望归愿望,只恐怕,这缘分就像那炉中香,窗上月,浓些淡些,阴晴圆缺,都已经是前生注定了的。若真像那炉中香、窗上月,我们又能怎样呢?这里他用"炉香"和"窗月"来比喻人间的悲欢离合、缘聚缘散,蕴含着情感的无奈,也是对人世诸事的又一声叹息。同时两种意象的运用也营造了一种诗意的氛围,也应该是他所处环境的真实写照,随手写来,恰当此时。仿佛让我们看见诗人在氤氲香雾中坐于灯下望着轩窗明月,感前人,想眼前。

何振岱是个感性的人,我们读他的诗,自始至终都有诗意在感性中流淌。从前期的幽怨难解到晚年时的悲悯伤怀,后者万事亦生愁,但愁中却有了一种淡然,有了一种厚重,有了一种开解和放下,也有了一种柔和温润的平静,一种儒雅含情。这是诗人一生为诗的修养。

一阕小令,共品之!

小影生出几多愁

辘轳金井·自题小影

细生何爱，倚庐中、写出半身秋影。石瘦松癯，换年时吟鬓，风柯莫静。恨佳日、过时思永。薄暮投怀，依依底似，堂前光景。

垂髫旧踪怕省。痛人间路仄，霄宇秋迥。半老孤儿，减雄豪心性。孱躯似病。更惘惘、古愁难整。向晓乌啼，呼娘不见，泪谈怖冷。

何振岱是个感性的诗人，他诗中流动的感性色彩贯穿着作品始终，不过读过他自画像般的几阕词后，我看到了诗人的另外一面，既伤感自怜，又仿佛一个天真少年，不染世间的尘埃，没有世故和俗套，有着天然的率性和纯真。毫不掺假的性情流露。这几阕词不是一组，却是一类，都是"自题"，即都在写自己，能让我们还原出一个活色生"鲜"的何振岱来。

这几阕类似的词，能让我们看到一个立体的何振岱，我们将逐一读来。

词题《自题小影》意为为自己的小像题词。从开篇的"写出半身秋影"中可以看出，这个"小影"应该是他的自画像，而不是我们现在理解的照片留影。这是一个自己画像，又自题其词，看石松身瘦，进而顾影自怜，引发出几多伤感之作。

这阕词里的信息量挺大，句句都有细节和感触，仿佛句句都有故事，我不妨逐句来解读一下。

"细生何爱，倚庐中、写出半身秋影"。"细生"：瘦弱的书生。"何爱"：没什么好看的。这里是看小像时的情景。"倚庐中、写出半身秋影"：我斜靠庐中画出了秋天中的半身小像。这是场景转换，转回到了当时画像的情景。

"石瘦松癯，换年时吟鬓，风柯莫静"。这里又回到了现今观象，你看我，瘦得像石头和松干一样，换年时来感叹一下时光吧，时光不会停。"换年"：是又一个年头的意思。"鬓"：代表了年龄和岁月。又过了一年，看着过去的小像，叹息一下时光流逝。

"恨佳日、过时思永"。过去的好时光都过去了，但对过去的思念常在。

何振岱铜像

"薄暮投怀，依依底似，堂前光景"。此时此刻，薄暮洒在身上，就好比是堂前的我，也渐入暮年了。这里用"薄暮"比喻暮年已至，由此意象引起伤感，为下片的"入情"和情感的进一步展开作准备。它的作用好比是律诗里的颔联，起着"承"的作用，是作品由开始到深入的过渡，就好比是左右两只手，一边牵着上阕，一边连着下阕，也像是上下两阕之间的轴承，让两阕间的脉络有个自然的连接，不至断裂。所以它有着融合上下阕的两种感觉，在词学上有人叫它"准备过片"。就好比这句，它既是对环境的描写，但在环境之中流露的迟暮之感为下片的人间路仄、豪情不再、亲人不在的悲情做了准备。

上阕交代了小像的来历，下阕便开始进入心性的感悟了，追往抚今，悲从中来，涕泪太息。

"垂髫旧踪怕省。痛人间路仄，霄宇秋迥"。远离了年少的岁月，只怕忘却了曾经的故事。痛的是人间路难走，天地之间尽是秋日肃杀凄清。"垂髫"：指年少。"霄宇"：指天地之间。"秋迥"：是肃杀之气，多用来比喻悲愁。

"半老孤儿，减雄豪心性。屠躯似病。更惘惘、古愁难整"。我已经年过半百，双亲不在。过去纵有万丈豪情也已消减。何况身体也不好，瘦弱如病。也不知道如何收拾长久以来的愁痛。这里的"古愁难整"取自"晚泊野桥下，暮色起古愁"（宋·苏舜钦《舟至崔桥士人张生抱琴携酒见访》）之句，恰回应这"准备过片"中的"薄暮"之意象。让脉络绵绵不断，丝丝相连之感。

"向晓乌啼，呼娘不见，泪谈帏冷"。这时候，心中的悲愁已达到了顶点，由小像中的"石瘦松癯"的瘦弱之躯引起的哀叹从步入暮年到人间路难，再到不知如何是好的"古愁难整"，到这里已经哀哀不已。"向晓乌啼"，"向"：将要。"晓"早晨。天快要亮了，乌鸦开始鸣叫。这意味着诗人在这难以自拔的愁思之中从"薄暮"的黄昏时刻一直坐到了"向晓"的即将黎明。听见"乌啼"，想起了自己的亲娘。这里他用了"乌鸦反哺"的典故，来比喻自己呼亲不见的悲伤。乌鸦反哺来自李时珍的《本草纲目》："此鸟初生，母哺六十日，长则反哺六十日。"此刻乌鸦唤亲，而我的娘在哪里？不由得"泪谈帏冷"，"泪谈"：当"泪弹"，即弹泪，"帏冷"：指心冷，也指泪水打湿了帏帐，致"帐冷"。这种种境况怎不叫我流泪呢？

这是感意颇深的一阕词，哀哀之声不断。小像生悲愁，顾影凄自怜。怜秋，怜瘦，怜暮，怜孤，怜心性减，怜身似病，怜愁难整，怜亲不在。怜之愈进悲之愈深。难以自拔，泪流帏冷。这阕词，悲太浓，伤太重。好在还有几阕，后几阕如何？且待分解！

先生可是绝俗人，神清骨冷无由俗

水龙吟·其一

日来消瘦殊甚，揽镜自惊，赋词寄慨

因谁苦费心魂，吟身更比春前瘦。虚消髀肉未成，勋业居然癯叟。俊赏浑忘，姿年难再，劳生依旧。只镜中凝睇，自家默喻，千般意，都孤负。

那有升平时候。炽妖氛、龙虬方斗。早衰若我，关门息影，几时能彀。只自舒怀，中宵看剑，高楼呼酒。好加餐却念，孱躯久健，古来多有。

这阕词是老人家闲来时的揽镜自怜，顾影自"赏"。

和上篇的哀哀悲叹不同，在这一首中，他将可爱和率性写进诗里，让我们看到了一个不一样的何振岱，也让我们在感受他自怜感伤的同时也不由得会心一笑——好一位可爱的老人。

这阕词写老人感觉近一段时间瘦了许多，揽镜一看，吓

078

了一跳，由此生出了许多感慨，提笔以记之。其中有神态，有自嘲，有感慨，也有自我开解。活灵活现地展示了一位可爱的老人一派天然纯真的心态。

逐句以解。

“因谁苦费心魂，吟身更比春前瘦”：你看我在这儿是在为谁操碎了心呀，居然能瘦成这样，比开春前还要瘦。

这是一种自嘲，这种自嘲和他作品中惯有的悲春伤秋的哀叹不同，这阕词一开始便是一派轻松的态势。这种轻松感在何振岱作品中并不常见，说明他在有意地改变着自己的风格，或者说有意地减少着作品中的“悲情伤感”。这是一个值得关注的改变，这种改变也许缘自对生活的开悟，也许缘自对艺术的追求，也许是对词意不同表达方式的探索。这让我想到了苏轼变词之婉约至狂放豪迈，他这里也一改他一贯坚持的婉约风而开始直截了当地“揽镜写实”，不加晦语，也无隐意。

“虚消髀肉未成，勋业居然癯叟”：没能把大腿上的肉给补上来，居然让我一个堂堂

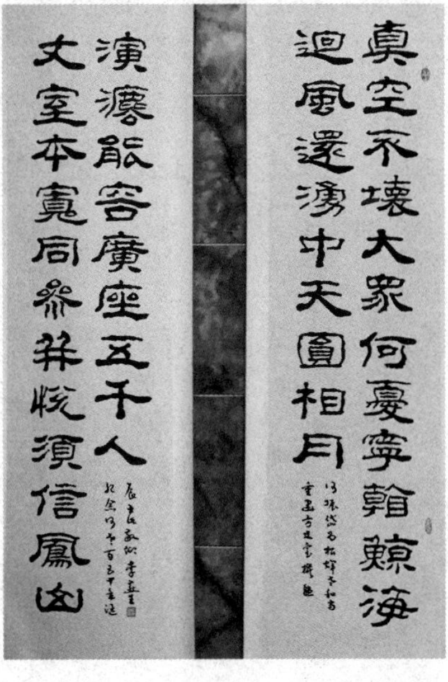

何振岱作品

正正的男子汉变成了一个瘦老头。"髀肉"：大腿上的肉，也是髀肉复生的缩写。"勋业"：原本是建勋立业的意思，这里被他用作了名词当"建勋立业的人"。"癯叟"：瘦老头。这是种轻松和幽默。这种轻松感和苏轼的"穿林打叶""竹杖芒鞋"中流露的轻松和快意相同，让他诗中惯有的沉重感荡然无存。在接下来的表达中，这种感觉一直存在着，形成了这阕词特有的风格，那就是自嘲接受，去悲除感。

"俊赏浑忘，姿年难再，劳生依旧"：我当年的俊朗模样已经忘记了，英姿也回不来了，不过辛苦未减呀，我还是得像年轻时那样辛苦劳累地生活啊。

"只镜中凝睇，自家默喻，千般意，都孤负"：这一句有一些些伤感。我自己凝望着镜中的我，明白了眼下的一切，过去的千百种意愿，都已经是"孤负"——错过了。"凝睇"：凝视。"默喻"：默然知晓。"孤负"：当辜负。这是一种对岁月的叹息，感叹自己很多理想都没有实现，现在知道都不可能再回来了。

　　　　那有升平时候。熘妖氛、龙虬方斗。早衰若
　　我，关门息影，几时能彀。只自舒怀，中宵看剑，
　　高楼呼酒。好加餐却念，孱躯久健，古来多有。

下阕写自己认命了，用现在的话讲，叫和命运和解。
　　我的一生当中没有那个时候：斩妖屠龙，扫除妖孽。像我这样早衰的人只能是关起门来低调做人，做不到那种滔天

伟业。捡些小情趣自我疏解，夜里起舞看剑，或登高呼朋唤友把酒言欢。想多吃点增肥吧，转念又想，唉，瘦又怎样？瘦而健康的人，从古到今多了去了。

呵呵，这就是他的态度，坦然接受了自己"孱躯"：身瘦。也明白自己早衰身弱做不了"斩妖伏龙"的大事，只能做些小情调的事。瘦就瘦吧，健康就行。

和上一首的顾影自怜相比，他这次是相当的释怀。不过正如上面所说，他的这阕词想要做到的是"去悲除感"，正因为如此，其中流露出的些些悲意让他仍觉"词中语伤"，生怕留悲，于是他又填了一词，将心情再解释一番，这就是下面这首：

水龙吟·其二

前词语伤，因更谱此曲自解

老来消尽朱颜，也应身与诗人称。烟村贳酒，风江垂钓，尽饶佳兴。思欲云腴，气还秋肃，底输公等。更浮尘扫却，炉熏静对，放清味，闲中领。

换作痴肥未肯。是生来、神清骨冷。怀人坐夜，摊书起早，少眠多醒。便减腰围，怎教轻减，耽吟心性。倚寒天剩有，梅花满树，认年时影。

这一首更是洒脱：

虽然老了，身体瘦，容颜消退，但咱是诗人啊，身形气质要配上诗人的称号。我烟村赊酒，风江垂钓，全都是诗情画意，无限佳兴。一直想要胖些，但事实上却总是像秋天般的消瘦，这多不公平啊。罢罢罢，还是闲来将浮尘除去，燃起炉香，享受这清淡闲雅吧。

若当真胖成肥头大耳模样，我倒是也不肯的。我这是生来就瘦啊，加上夜怀故人，早念诗书，少睡多醒，自然瘦多。虽然减了腰围，但怎能减掉沉湎于诗书的心性呢？此时此刻的我，只去那开满梅花的树下，寻找过去的踪影。

你看，这是多么豁达快意的人生。

这几首词，临镜抒写，或吟或叹，或调侃，或释然。叙述、描摹、感叹全都以实写来，无诗意的放飞，却透着心性之美。在故事般诠释自己瘦之前世今生中无处不渗透着心意的感喟。让我们看到了一个老人的清癯雅致，贤良方正，童稚般的单纯，以及他的内视和自省。同时从这两阕词中，我们也能窥见何振岱从这里开始有了"去语伤"之态，这在他的作品中当是一个巨大的转变，许是岁月使然！

读诗，在欣赏笔墨之妙的同时，领悟的是诗人的诗心所在，能捕捉到他的心性便是收获。词无拗意，寻迹解之，以还原诗人形象。

他是个绝俗之人！

开年第一天，先生必礼佛

素常来说，何振岱的诗多百结愁肠，幽韵含郁。可是纵观他新年的诗词却是轻灵自在。这里面有写给妻子的，有写给友人的，有焚香礼拜的，有思念儿女至亲的，大多平淡自然，不事雕琢，文字词藻素而无华，却能在平淡中透出一份深情，一份岁月的蕴藉。在这些诗中，他让人看到的是在新年来临时的神闲气定，无忧忘怀，是迎新的喜悦和对岁月的淡定。往日诗中那些常有的对年华岁月的伤感在这岁月交替之时他偏偏没有，这让我颇感讶异。

比如：

庚午元日，摹释迦佛像一尊于慧明所书

《金刚经》上

慧明书此经，涤笔章江水。
七千八百字，灵飞具遗轨。
供养在萧斋，焚香时顶礼。
元旦迎吉祥，洗砚整净几。

写佛向卷端，庄严大自在。

迦文本无相，存想有如是。

涌见出心光，若远复在迩。

展函傍梅花，功德先眼鼻。

这首诗写自己在元旦吉日焚香、顶礼、洗砚、净几、写佛、迎新的情形，以及观大庄严、得大自在的感悟。

何振岱的元旦诗词里常有礼佛出现，如另一篇《元夜宿宜园宅》，开句便是"佛香浓袅字，花气静依烛"。可见，在新年第一天先生必是要礼佛的。

这一篇仅写了礼佛一件事。以慧明禅师手书的《金刚经》为起，引出了自己礼佛之种种。先是介绍此字的来历、观相。接着表白虔敬，顶礼膜拜。再写如何开始净几焚香写佛于卷之开端。最后心观佛像，有大领悟，集大功德。层层深入，句句紧跟，结构稳定，

何振岱　楷书真言（局部）（陈冷月赠文史馆藏）

意味厚泽，毫无旁逸繁杂之感。文字上不花哨、不做作，态度从容稳定，真正的佛在其中。

慧明是唐末五代时期著名的僧人，他的手书经卷年代可谓久矣。先生收藏此手书经卷且一卷七千八百字，其价值可见，同时也可鉴其向佛之诚心。

慧明，俗姓蒋，曾游历闽越、赣州。所以诗一开始便说"慧明书此经，涤笔章江水。七千八百字，灵飞具遗轨"。这是说：慧明在章江之畔写下的这幅经卷，共七千八百字，具有灵动妙飞的仙气，功力非凡。这开篇几句在起承转合里可看作是赋起，但同时也可当作景起，因为他既是在叙述故事，却又尽是"眼观"之物，他是赋起和景起的结合——在观景之时告诉你所观之事。于赋，他叙述直截了当，平静自然。于景，以实写就，不事雕琢，态度淡定而又虔心毕现。故，此起不仅多了些层次和内容，同时也为全诗定下了庄严之调。"涤笔"：洗笔，"章江"：指赣江。"遗轨"：指前人留下来的规则规矩。"灵飞""遗轨"都说的是书者的笔迹和功力。

"供养在萧斋，焚香时顶礼。元旦迎吉祥，洗砚整净几。写佛向卷端，庄严大自在"。此经卷我供养在"萧斋"——书房中，时常焚香顶礼膜拜。今日元旦，我洗砚净几卷端写佛，虔心，庄严，自在。这几句是对前起句很好地承接，告诉你他在做什么。这里的"庄严"既有神态的庄严，也有姿态的端正稳重。同样"大自在"也是，既有身体的放松，也有让自己心离烦恼，屏退挂碍之态。如此何为？当然是为了写佛作准备。前几个起句述字观字，似动却静，此几番庄严自在似静却是在动，这起承中便有了动静的变化，让诗有了迂回的美感，同时外静内动和内静外动又有了层次间的流动和穿梭，如天上的红云流霓，留在天上，看在眼里，进到心里，又重回到天上，进而天人合一，就是这个感觉。如此诗味便出来了。你看，诗人写诗，无论语态平和还是华丽，有了这些内外前后的交流和变化便有了诗意的流动。

"迦文本无相，存想有如是。涌见出心光，若远复在迩"。此两联当是写佛时的状态，全然入了心的物我两忘。"迦文"即释迦牟尼佛，因释迦牟尼亦称释迦文佛，故省称迦文。"无相"：佛教语，与"有相"相对。无相即是空，空即无边，无边即佛法。这里的"无相"既是对佛的赞美，也是他如入物我两忘之境界的描绘，身心投入到已然"无相"了，相到了哪里呢？到了心里，化成心中之相了。这佛"摹"到此时，已不是在摹着外在的佛像，而是在摹着心中之相了。这便是下句的"存想有如是"，我心存观想，心中自有如来。写佛至此，心中佛光涌现，佛在天上，也在心中，佛法无边，虽远也近。"心光"：心中的佛之慈悲之光，也是他投入之忘我之现。"迩"："近"的意思。

从交代经卷，到焚香顶礼，到自在身心，到天人合一，这一步步是层次的渐进，是身心的渐入，直到"无我"的程度。到了最后一联"展函傍梅花，功德先眼鼻"，则是走出来了。至此，这幅摹佛之功也算是完成了。展开经卷在梅花旁边，看看这元旦之日的礼佛之作，欣喜之情溢于言表，这便是"功德"之意。"功德"中既有功德圆满之意，亦有礼佛之功德之意。修此"功德"先修眼鼻，观此"功德"亦先观眼鼻，"功德"之意多重。

写到这里忽然明白了为何老人家在元旦之日要礼佛，要欢喜，因为此日要"迎吉祥"，迎吉祥必得欢喜。所以在他的笔下今日无愁。礼佛，为大自在，是新年必修之事！

愿新年得欢喜心，得大自在，承大吉祥！

新年快乐！

前人心中的诗和远方

水龙吟·述怀

商量结个茅庵，偏宜林壑清幽处。两边种竹，
中间供养，白衣仙姥。日日龛前，心香一瓣，敲通
斋鼓。仗慈云垂荫，有情眷属，都成了，莲天侣。

人世愁风愁雨。尽豪华、浑无真趣。怎如这
里，花凭泉溉，菜和云煮。梦也忘机，醒还礼佛，
有欢无苦。便从今永矢，乘光扣寂，闻思如遇。

不知从何时起，浮躁的现代人开始流行寻找乡间野趣，
幻想有一片自己的田园，种几畦蔬果，养一群鸡鸭，饮山
泉，听鸟鸣。每天迎着朝霞起，伴着夕阳归。"让心归平静，
远离喧嚣"。这种表达仿佛成了诗坛上的一种时髦。一时间，
一阵风起，人人都开始寻找"诗和远方"。

其实，这种诗和远方的事，早已经被我们的先人把玩
了几千年了。中国历史上绵延不绝的"隐逸文化"不正是一
种"诗意的栖居"吗？如竹林七贤，如陶潜，如王维，如李

白，如苏东坡。他们或归隐山林，或徘徊于山野庙堂之间，纵酒酣歌，啸傲泉石，举杯邀月，诗思骀荡。对于"诗和远方"他们既"以身体之"，也会以诗"怀"之，比如陶渊明的"结庐在人境，而无车马喧"，比如何振岱的这阕述怀。

　　　　商量结个茅庵，偏宜林壑清幽处。两边种竹，中间供养，白衣仙姥。日日龛前，心香一瓣，敲通斋鼓。仗慈云垂荫，有情眷属，都成了，莲天侣。

　　好一个幽静清雅的去处，仿佛进入到一个晨雾迷蒙的山林野壑之中，只有天籁，没有人声。净和静，沉到了心里，心中的澄净与沉静和大自然融在一起。月出东斗，好风相从。坐中佳士，左右修竹。这不正是司空图《二十四诗品》中的高古和典雅吗？读这阕词，读的正是这种况味。

　　难得的是，情味满满，其词却素，正所谓的"虚伫神素，脱然畦封"，句句接了地气，又句句营造着意境。这意境也就是他所述之怀之所在。

　　我们说诗词的起句是情调情味之定，在这阕词里表现得尤为明显，上片迎头一句"商量结个茅庵"便定了此篇的调子，那就是简、素。也就是"接地气"。尤其是"商量"二字，如此朴实的两个字当头一起，整阕词便都跟着这个调子走了。

　　"商量"，质朴中透着亲切，毫不矫情和做作，返璞归真之感迎面扑来。此"商量"之对象，可以是"人"，也可以是"己"。可以是"讨论"，也可以当"准备"。"我准备搭筑一个茅庵"或者"我和某某商量着搭个茅庵"均可。在感觉上，自我的"商量"更有入心之感，也就是自我的对话和琢磨，寻心由性，发心由感。诗意便由此而来。"结"即"结庐"之"结"，此"结"一出，田园风起。看，诗的每一个字都用之有道，品之有味。"商量"的质朴、自然、放松和随意与"结""茅庵"之间的乡野田园之风相得益彰，看似平常却是神思妙笔。它体现了诗人对诗词的体味，对文字的修炼，对人生的感悟，凡此种种，非至不达。所以，我毫不犹豫地将二字视为该阕"词眼"。

我准备或者我商量着在何处搭个茅庵呢？"偏宜林壑清幽处"。"偏宜"：最适合的意思，"林壑清幽"：是古人常描绘的隐居之地，也就是秀丽幽静的山林涧谷之地。我要在这茅庵的两边种上青竹，在茅庵中间供养上白衣仙姥。这"仙姥"是谁？就是观音哦。每天在神龛前焚香敬礼，将所有的虔诚都赋予一瓣心香之上。"一瓣"：一炷的意思。"心香"：虔心的膜拜。心香一瓣，斋鼓通鸣。我们仰借着佛菩萨"慈云"——如云之广阔的慈悲之心的庇护，夫妻二人都成了天上的神仙眷侣。这就是"仗慈云垂荫，有情眷属，都成了，莲天侣"。"莲"不是单指莲花，而是佛中之界，也就是佛家的净土之界，因为佛教中的西方极乐世界遍生莲花，又叫莲界。所以"莲天侣"的意思就是"神仙眷侣"。

人世愁风愁雨。尽豪华、浑无真趣。怎如这

里，花凭泉溉，菜和云煮。梦也忘机，醒还礼佛，有欢无苦。便从今永矢，乘光扣寂，闻思如遇。

下片重起，术语"换头"。从"梦境"换到了人间。"换头"在《水龙吟》这一词牌中是必需的，这是它的格律要求，因为上下片的格式不同。这里的"换"不仅仅是格式上的换，也是意的转换。从一个角度转换到了另一个角度。但这种转换不是随意的换，上下两阕的情味必须一致，思想脉络要求统一，所谓的换只不过换了一个角度去说。好比是音乐的节奏，从一个乐章换到了另一个乐章，但主旋律是不变的。换头怎么个"换"法？那就是"或藕断丝连，或异军突起"，要让读者"耳目震动，方成佳制"。

这里耳目震动在哪里？当然是"愁风愁雨"和"浑无真趣"。上片以梦当景，下片则以此抒怀，一解梦中之趣，二抒现实之困。为什么要"商量""结个茅庵"在"林壑清幽处"？因为"人世"间要么"愁风""愁雨"，要么皆浮华不实，实在是无聊得很。这里的"无趣"当烦恼、恼恨讲，它由"愁"与"豪华"的对比中引出。"人世间愁风愁雨"和"尽豪华、浑无真趣"句式不同，但意思并列，你千万不要把它当成了递进去看，那样的话，意思就变了。并列的用意，一是格律要求，二是要列出对比，讲的是百态人生，述的是人间的不平，同时也写出了自己的志趣。有人愁风愁雨，有人却尽享繁华，看在眼里实在是让我心中不平啊。两句中写尽了社会和人生。

世上有如此不平，怎抵得上这里："花凭泉溉，菜和云煮。梦也忘机，醒还礼佛，有欢无苦。"这里才是我心中的好地方，没有烦恼，没有不平，花以泉水浇灌，食在云间烹煮，夜里无忧，醒来礼佛，只有欢乐，没有苦痛。这就是他梦里的诗和远方。"忘机"：不屑机巧之心，忘却世间烦恼，与世了无争，无论红尘苦。

"便从今永矢，乘光扣寂，闻思如遇"。"永矢"：永誓。"扣寂"：很有意思，原本扣寂的意思是赋诗，这里当他是发动思维，好好想一想的意思，而并不是"赋诗以立誓"。"闻思如遇"即想到了就算是遇到了。

一个梦想的境界，述之以抒怀。因世不平而避世，为求静而寻净土，其避之中皆是一腔怜悯和正直，这正是前人与现代人对于"诗和远方"所追求的不同之处。

真情一束束成诗

　　1936 年仲夏，七十岁的老人家自北京南下，先抵南京，后到上海，游山玩水，诗酒唱和，历经月余。其间创作了大量作品，多收集在其《觉庐诗存》之"慎修集"里，这是他老人家的最后一次远游。这以后便回归榕城，安居在三坊七巷的老宅内，书画遣兴，安度晚年！

　　初抵南京，老人家住在其弟子吴虞薰家中。吴虞薰不是别人，正是电视剧《潜伏》里余则成的原型吴石。吴石，名萃文，字虞薰，号湛然，1924 年拜何振岱为师，自此师生之谊延续一生。

　　师从远方来，邀师至其家。师生情深可见一斑。在南京的这段日子里，老诗人的诗作或述情谊，或说天气，或叹离别。或写远足之乐，或道世事感慨。高朋弟子相聚，唱和诗兴往返，林林总总，不一而足。不能不让我感叹，在那个年月里，文人身上的那种儒雅情趣，那种静水流深的丰满与蕴藉，如何是我们现在的这些俗人可比的？

　　我们看诗：

至南京数日，高蔼堪及弟子黄挺生、吴虞薰、黄曾樾、予二子沨、澄集高宅斐君轩缩影为图，诸生皆有诗，予亦题其右

> 君居吴郡我幽燕，屈指暌离不记年。
> 何分江关新邂逅，又温几砚旧因缘。
> 相看两鬓成斑白，万事多时换海田。
> 别有欢悰图未得，此时语笑足流连。

这是刚到南京不久时，诗人与好友弟子高朋相聚时赋诗助兴的一首。标题很长，以题代序，时间、人物、地点、故事，全有了。

看席间所坐何人：高蔼堪，晚清举人，外交活动家，也是知名的爱国诗人。妻子是福建十大才女之一何咏阁，儿子是著名科普作家高士其。黄挺生，何振岱好友陈衍的门生。他被陈衍称为少有的"军人能诗者"，时拜海军陆战队旅部参谋长。吴虞薰，即吴石。此时就任国民政府军事委员会参谋本部，并兼任国民党最高军事学府"陆军大学校"教官。黄曾樾，史学家、诗人，"永安七才子"之一。时任南京市政府社会局长。另两个是何的次子何维沨和四子何敦诚。何维沨自北京送父母南下，何敦诚则是吴石的副官。一众高朋满座，雅聚岂能无诗。"诸生皆有诗，予亦题其右"，于是便有了这首诗。

诗中写了我们分住两地"君居吴郡我幽燕"，屈指都算

不过来分开了多少年，今天重聚实在是高兴，不由得想起了以前一起吟诗作画时的情景。今天看看我们都老了啊，世事桑田。相聚不易，让我们再一起"缩影为图"，诗画唱和吧。流连其中，佳趣成乐，乐而忘返。

为着这个"斐君轩缩影为图"，我和我的老师有过长时间的讨论。究竟是"缩"的什么"影"，"为"的什么"图"，真实的图，还是缩之于心，就心影题诗？不能确定，权且放下，还需细细琢磨和寻找，也望同好者赐以正解，拨冗以论之。

次子何维沣送父母至南京，略停几日，动身返京。路上"车程枯寂"，念亲甚甚，聊赋一诗寄给双亲，下面一首便是身在南京的何振岱接到儿子归京途中寄来的诗时父子间的唱和：

沣儿送予至南京，住吴虞薰家，留数日复北
返，途中寄一诗来，诵之恻然，因书以答

同客独归吾累汝，车喧身寂日如年。
思亲壮岁犹龆齿，为喜书来又黯然。

附：沣儿诗《北归途中思亲》

来时跃跃去依依，二老南留我北归。
两日车程枯寂甚，偶然一梦亦慈闱。

何老南归途中停留金陵与众友人合影

这是入住吴家后几日，维沣北归。途中寄来一诗述说途中枯寂。老父亲也赋诗一首，"因书以答"。两首普普通通的小诗，一句句实实在在的真情，不带半点修饰。思亲之情，舐犊之意却跃然纸上。

儿子的诗写了他留下双亲独自离去的感伤。来时是多么的高兴，而离别又是多么的不舍，思亲之情挥之不去，在车马劳顿中偶有一梦，梦中见到的都还是母亲。

儿子的信让老父"诵之恻然"，既心疼儿子"车喧身寂日如年"，又惭愧自己累了儿子。儿虽已壮年，然在父母心中依然如孩童时一般疼惜。看到这封诗信，是又喜又疼啊。过去的父子，思亲都如此浪漫。温馨温暖，真情毕现，既不矫揉造作，也不空说天伦，只是那父子之间的一步一回首的牵挂，让人感动又羡慕。

安居吴郡的老人闲暇时常与学生吴石和儿子敦诚一起行脚吴中山水。诗中的"四儿澄"即为四子何敦诚。有儿子和弟子的贴心陪伴，老人家乐以忘忧，诗中全都是如偿所愿的喜悦，并及时赋诗将这喜悦分享给尚在老家"旧都"的儿女们：

吴生虞薰及四儿澄，暇日常从游吴中山水，偶书寄示旧都儿女

> 行脚何当似赵州，衰年才得补吴游。
> 此生心赏原随分，万事前缘莫自尤。
> 甚欲晨昏依汝老，也应林壑为吾谋。
> 清斋访道将微意，却笑临分剩别愁。

这里说，此时行脚四方已不似在北京的那时了，那时还年轻，而现在已经老了。到了晚年时方才得以游历吴中山水，我不觉得惊讶，万事随缘由分。按说以我的年纪应该晨昏相安才对，不过也是应该到山野林壑间走走。有时也会到清斋庙宇里略表些心意，他们总笑我舍不得离开了。

诗中所述是一副得之我幸的满足。分别时的愁绪一扫而光，言语之间有感激，也有惬意，言下之意在告诉孩子们，看我在这里游山玩水，访道寻僧，一切皆安，不必挂念哦。

此诗两个"分"字，各有不同。第一个"此生心赏原随分"，此"分"去声仄，名词，当"缘分""福分""命运"讲。

第二个"却笑临分剩别愁"，此"分"平声，动词，当"分别"讲。所以当一个字平仄两用时，名词常为仄声，而动词常为平声，此处便是一例。

我们读前辈诗人的诗，不仅仅是在品读作品，还有力图在诗中找出诗人的生命轨迹，寻到他的故事，还原出一个活色生香的人。就艺术上讲，这几首诗均无惊人之笔。字句之中，质朴写实，不事雕琢。可其中却是故事漫溢，欢喜漫溢，情谊漫溢。这，是我看中的。正是这些抱朴之笔让老人家的真情昭显。

吴中的日子，山水为伴，诗书以寄，为友情，为儿女。这是老人家晚年时的一段美好的时光。感谢他为这段时光留下了诸多诗篇让我们回味，体会那时的生活，一同快乐着他的快乐。羡慕那时文人间的吟风弄月，诗酒风流。更羡慕那诗礼之家的父慈子孝，诗书唱和。今成一束以品之，尚有其余留待日后继续！

今随诗人游栖霞

　　上篇写到老人家在吴中的日子，在学生子弟的陪伴下游山玩水，"为谋林壑"，"访道清斋"，山水为伴，诗书以寄，快意至哉。其中留诗多多，有观佛，有看景。写登高望远，平野仙阔。也写江边依栏，叹老鬓衰年。能看出来老人家这段日子真的是玩得开心，游得尽兴。今天老人家游到了栖霞寺，那让我们也继续跟随诗人笔下的诗句，一起看美景，品诗情！

　　看诗：

游栖霞寺观六朝石壁佛像

遁世一邱足，物外求自贞。
异哉明秀才，幽居开化城。①
笋冠竹如意，嘉赉籹贤名。
只今寺后壁，佛像悬峥嵘。
一石一僧迦，宝光生夜明。
伫立纱帽峰，树深花冥冥。

---

① 齐明僧绍建。

曲磴盘古苔，疏钟流远声。

凿坏人自高，小隐吾无成。

这首诗在"幽居开化城"一句后原有个小注："齐明僧绍建。"对，他就是从介绍明僧绍其人其事和栖霞寺的来历开始的这首诗，通篇赞赏了明僧绍的隐逸节操，坚守志向，始终不渝。

明僧绍，号栖霞，南朝著名的隐士、经学家。他一生曾被六位皇帝六次征召却六征六拒。后人感佩他这种自甘淡泊的真隐士精神，尊其为"征君"。"征君"者，是指生活于寒微之中，却能使声名流布于世间的贤明之士。所谓的"身弥后而名弥前"。他晚年栖居建康摄山，以其号为名筑宅为居，即为"栖霞精舍"。明僧绍去世后，其子舍宅为寺，即为现在中国佛教四大丛林之一的栖霞寺。

君隐居避世在山脚下，在远离尘世的地方守着自己的志节操守。明秀才真是个不寻常的人啊，将幽居之地开建成了今日的"化城"。这是前两联中对明僧绍的介绍。就是"遁世一邱足，物外求自贞。异哉明秀才，幽居开化城"二联的内容。"遁世"：避世隐居。"一邱"亦作"一丘"讲，"一丘足"：就是一山脚下。"化城"为"幻化的城郭"，也可作"寺庙"讲。原意为求佛之路上的栖息之地，这里既赞"栖霞"之美，也赞名公创"栖霞"之功。

"笋冠竹如意，嘉赉缛贤名"。则是讲了齐高帝赠其"笋冠""竹如意"的故事。

相传，明僧绍归住摄山后，"僧绍闻沙门释僧远凤德，往候定林寺"。恰逢齐高帝在寺内，闻明僧绍来临，"欲出寺见之"，僧远问僧绍："天子若来，居士若为相对？"僧绍说："山薮之人，政当凿坏以遁；若辞不获命，便当依戴公故事。"齐高帝"甚以为恨"，但还是赠给他了一顶竹笋皮做的帽子——"笋冠"和竹根做的"如意"，"隐者以为荣焉"。这便是"笋冠竹如意，嘉赍籍贤名"两句里讲的故事。以此阐明名公的不仕之志。

前三联在起在承，叙述这座寺庙的来源以及建造者其人，作为一种交代和铺垫。从第四联开始转入主题，讲"六朝石壁佛像"之所"观"。此种叙之起法，也就是"赋比兴"里的赋之开篇。赋，是对事物的直接陈述，也就是直截了当地讲述某件事或某个人。赋以后开始写景，才是真正眼睛里看到的东西。所以这时候，诗句从"寺"移到了"寺后"，看到了"寺后壁"的佛像，也就是现在人们说的"千佛岩"："只今寺后壁，佛像悬峥嵘。一石一僧迦，宝光生

101

夜明。伫立纱帽峰，树深花冥冥。"千佛岩佛龛层叠，佛像林立于奇峰之上，所以他说"佛像悬峥嵘"。这里的"峥嵘"不是指佛像，而是指"岩"之高。"悬"则写出了佛像的位置。一石一僧迦，伫立在沙帽峰上，周围树深花冥，曲阶苍苔，疏钟流远中尽显庄严和幽静。观后是无限感慨呀，所以将诗以"凿坏人自高，小隐吾无成"结尾。

"凿坏人自高"用的是典中典。即"凿坏而遁"之典。源自《淮南子·齐俗训》："颜阖，鲁君，欲相之而不肯，使人以币先焉，凿培而遁之。""凿坏"：亦作"凿坯"。"坏"读pī。赞名公循"凿坏"以明其志。能做到这样的人可谓志气高洁啊，与名公相比，小隐的我修行还须进，真境方大成。这便是"小隐吾无成"在"凿坏人自高"之前的自谦和自励。此"成"当境界之"成"讲，如此便扣合了起句中的"物外求自贞"的"贞"，让隐居不仕之志圆满收尾。

写完了一处景，他又写另一处景，就是这首《天开岩》：

天开岩

巍岩谁劈分，苍铁各峭立。
双起划苍冥，雄崿非累叠。
蟠松尽倒根，欲仰还俯翕。
似恐蔽寥光，却放消阴湿。
一径可上通，气与云霞接。
时有暗泉流，危滑不受蹑。
归功日天开，畚锸信弗给。

玩世三千春，六丁还下摄。

天开岩仍在摄山之上，看来老人家此番游览收获多多。

如果说上一首中用了很大的篇幅在写人，那这一首表面上通篇则都在写景。人在哪里？人在景的感觉中流动。你看，从开篇起一直到第六联，他用了六联的篇幅，整整十二句来描述眼前的岩、岩上的松以及岩上的径。而观景者的惊诧和感叹就暗淌在那峭立的山岩、盘结的古根以及通天的小径上。所以读这首诗，你需要体会的是：在景之中搜寻景中的人。

"巍岩谁劈分，苍铁各峭立。双起划苍冥，雄峙非累叠"。开头便写了整个天开岩的峭立及雄峙，这是天开岩的通体观感。这里面的情在哪里？在首句中的"谁"字里。"谁"字之问便是对眼前"巍岩"之感叹，颇有些李白"噫吁嚱，危乎高哉"的味道。"苍铁"写了岩之色，"划苍冥"写岩之高，"非累叠"则是岩之独立。中间一个"划"字写出了岩的锋削和陡立。

写完了大景，接下来是细节，那就是岩上的松和岩上的径。

岩上松，他以"蟠松尽倒根，欲仰还俯龛。似恐蔽寥光，却放消阴湿"四句来描绘。岩上径则是"一径可上通，气与云霞接。时有暗泉流，危滑不受蹑"二联。这四联相互承景纳意，交相递送，款曲相通。松在径上，径隐树中。径上之暗流与树下之阴湿相互呼应中，描绘出了一个苍虬欲卷，古

103

木深幽，凉荫厚藓，遮天蔽日的人迹罕至之处。"尽倒根"是对松之描写的特别之处。有苍古奇崛之感，营造的是那种苍凉的气势。而"危滑不受蹑"则是这气势之下的幽幽冷意。

后两联就是议论了："归功日天开，畚锸信弗给。玩世三千春，六丁还下摄。"岩之如此，只能归功天造啊，畚箕和铁锹是堆不出来的。只有鬼斧神工才行。

这里的"六丁"是指道教中传说的为天帝所役使的六位神将，在此借"六神下摄"来描写此岩的奇绝。

这两首诗皆以古体形式写就，凡八联，共十六句。对于何振岱这个格律诗大家来说，选用"古体"绝不是率性而为，笔下必是谋定而动。我也是得老师点拨才得明了。那就是，两首诗皆选用古体形式，皆为那"避世"二字。所谓的"红尘多樊笼，避世得不羁"。格律诗要求的是人文追求，古体诗则适合自然之融入，它不羁于律，追求的是陶潜之风。六朝隐士多，古风返璞真。若诗写六朝，当然追古。所以他选用古体风格则最是相得益彰。这是前辈诗人对诗的潜心体会和学问。

还有就是这两首诗在韵的运用上也都有它的讲究在。上首恬淡平阔，所以用"平韵"。下首险峻悬奇，惊诧错愕则用"仄"。老诗人将韵色和诗意完美地运用在了诗里，让二者相互衬托。"平"稳定了隐逸中的恬淡适意，而"仄"则让高耸凌厉中的撞击感更加强烈。所以说，老诗人写诗，笔下皆是学问！

妙莲两朵是金焦

继续随老人畅游吴中。

这一次出游的目的地是镇江三山，陪同老人出游的是高足吴石和晚清举人，著名诗人高毓堪。只是这次三山之游，老人的诗作只留下了金山、焦山两首，唯三山之中诗词文赋盛名最强劲的北固山，老人却没有留下任何诗作，令我颇感意外。

金　山

> 诸天垂一塔，万水拱丛林。
>
> 斜照明苍屿，重檐漾紫金。
>
> 我扶藜杖立，吟久暮钟沉。
>
> 欲和唐人句，龙云黯翠岑。

何振岱作为同光体闽派的殿军人物，他的诗明显带有同光体所强调的"诗人之言"与"学人之言"结合的特点。比如"觌面从来非悦怿，齐心还许有针砭"，"禽言格桀难舒郁，愿奋雷霆启户潜"。"萦苔下绝壁，小甓为幽亭"，"真当守此水，心根同孤晶"等等。用词常见奇绝冷峻，学人之语甚重。这种特点彰显了他的深厚学识，读之可见满肚子学问。却同时这也会让诗略显孤清高冷，少了柔性和放松。到了晚年，他的诗风有所改变，开始回归到娴和、平静和温暖，但挡不住的学问仍会不由自主地流入诗中，比如这篇的当头两字"诸天"。

"诸天垂一塔，万水拱丛林"。这里的"诸天"并不仅仅是指天空。鉴于金山的佛家特性，"诸天"还指天上护法众天神。佛经言：天有多重。欲界有六天，无色界有四天，色界有十八天等。另有日天、月天、韦驮天等等诸天神，谓之"诸天"。"诸天垂一塔"何意？一曰塔之高，自天"垂"下，二曰塔之美，由诸神降造，这就是"诸天"里透出的感觉。这座由"诸天"垂下美若天上之物的"塔"，便是金山上的慈寿塔。此塔之"玲珑、秀丽、挺拔"，在这首诗中仅以"诸天"二字含之，看似普通的词，却都不是闲用，写在句中，显得全是诗家的学问。

首联下句"万水拱丛林"，这一句里每一个字和上句一样，也都不是你眼睛看到的那单纯的平面的意思。"万水"，不仅仅是指"百川"，更是指"大川"，万水也就是大水的意思。"百川之流汇成了大水"，也有为眼前之水大而惊叹意。"拱"：环绕。"拱"字一出，写明了"丛林"的位置——在水之中，被水环绕。也就是说，金山是在江心之中的，它是"江心一朵美芙蓉"。而"丛林"则更有其意。它不仅仅是指"树林茂密"，更是佛家寺院的代称。你看，字字不虚啊。

何振岱作品

　　另外，此律开句对仗，"诸天"对"万水"，"垂"对"拱"，"一塔"对"丛林"。格律诗章法要求中二联对仗，也就是中间颔联、颈联的句子必须是对仗句，首联对仗之用意，通常用在内容相对严肃时，以对仗之稳压住全诗的阵势，让诗有稳重深沉之感。此诗首联以对仗出，加之颔、颈二联，三联对仗，诗就稳稳地立住了。而这首诗里，由"苍屿""重檐""扶杖""吟久""龙云黯翠岑"中流露的苍溟幽重之感深重，恰契合了对仗之沉稳。这就是律与意的结合。

　　这首诗题写金山，实际上，穿梭的脉络是时间，从"斜照明苍屿"到"重檐滟紫金"，从"吟久暮钟沉"到"龙云黯翠岑"，眼前景笼罩在时光渐逝当中，所以"欲和唐人句"却未能及，因为"龙云黯翠岑"时间已经晚了。所以这首诗里诗人扶杖久立，却未写出"吟"之为何，只将其感流露在诗中，那就是夕阳斜照中的幽暗与暮钟沉落时的沉吟和遐思。

至于他的所思所想，他虽没写，但是留给了我们一个感，让我们去体会，去寻找。

焦山同蒥堪、虞薰

一山三里许，远近看俱妍。

盈盈秋水中，鲤背浮散仙。

冉冉白云旁，佛鞯涌金莲。

平流贯吴楚，万里来楼船。

长江无尽意，都在栏杆前。

倒垂千尺树，影落波心圆。

丑枝照老鬓，汝健吾衰年。

微醺水阁静，片时消闲眠。

相对于《金山》中景与意的大而化之，这篇《焦山》可谓描写得细而又显。近到盈盈秋水，沉浮鱼背，远到冉冉白云，万里楼船。皆在诗中，尽在眼前。如果说上首诗是一种疲惫时的沉郁和思远，那这一首就是一种登高望远时情绪的昂扬和释放。我推测游到金山时，老人真是累了，所以他将思绪放空，"欲和唐人"却未和，只望着天光将暗，"龙云黯翠岑"。在焦山时却正好相反，那种胸揽河山，阅尽美景的快意尽情地从诗句中流出。所谓的诗言志就是如此，心绪如何，都在诗里。

这两首诗的另一个区别是：选体。前一首他意在己，用了工稳的格律。这一首写"焦山"他又用回了古体，似游栖霞时的两首，皆有陶潜之风，隐逸避世之意。为什么？盖因为"焦山"因东汉隐士焦光隐居山中而得名，也是避世之地。咏隐士之地，必用隐士之风。所以说，前人写诗，用词用意用律用体皆不虚妄，"无不然之事"。

前四联，从"一山三里许"，一直到"万里来楼船"写的都是眼中之景。这些景是在哪里看到的？"都在栏杆前"。这些景从远到近，从大到小，从白云到庙宇，从江流到楼船，是大小、远近、虚实、收放的平衡。这个山不大，仅三里许，却是远近皆美景啊。盈盈的秋水中，锦鲤起起浮浮如散落在仙境里一般。冉冉的白云旁，佛家庙宇"涌"起在金莲之中。远处平流万里纵横，楼船百渡争竞，所有这些美景我站在栏杆前一览无余。一首诗共八联，他用了五联来写眼前之景，远近，高低，平流，远阔，十足地写出了胸中荡漾着的蓬勃气势，有胸纳万里楼船，气吐白云千山之感。

在字句的提炼上，他的以大写小，以小写大的方式也很特别。比如在"盈盈秋水中，鲤背浮散仙"中，"散仙"应该是"散"和"仙"各表。"散"指"锦鲤散落"，"仙"指"景如仙境"。"散"看似很大，却是"鲤散落"，"仙"似小，却指的是"仙境"。"鲤背浮散仙"即为锦鲤浮沉散落在仙境之中。还有"冉冉白云旁，佛軿涌金莲"。这里的"佛軿"，指庙宇上的飞檐殿顶，"金莲"则指的是焦山。因为焦山和金山自古被人们称作江中的两朵莲花，所以他以"金莲"称之，且都是大小所指的反向运用。

美景当前，豪气尽吐，到了"倒垂千尺树，影落波心圆"

这里就是收束了，因为他要为结句作准备，让情绪落地才好收尾。这一句便是在为结句作的准备。收回来，再送出去。送到了哪里？送到了"丑枝照老鬓，汝健吾衰年。微醺水阁静，片时消闲眠"。我老了，不像你们还年轻，我要歇一歇了。全诗结束。

两首诗，看似普通却深感解之不尽，用词用意皆有学问，让我感叹不已。感恩前辈留下的好诗，让后辈的我能在这里咂摸品味，如那妙莲一般美不胜收。

妙莲两朵是那山，也是这诗！

乐居亦有忧心扰

　　他乡的日子，有好友相伴，有子弟相随，优游闲适，舒畅怡悦，颇有些乐不思蜀之感。尤其是和那些意趣高洁，不杂风尘的圣贤之友的频繁往来，让老人家欣喜不已。比如他在《喜晤疑庵》一诗中写道：

　　　　袖中黄岳气崔嵬，雨毂风帆为我来。
　　　　临老朋欢如骨肉，真须一日面千回。

　　这首诗中，老人毫不掩饰地写着面晤疑庵的喜悦，喜到简直不知所措，直把对方呼作"骨肉"。这样还不够，后面又补上一句："真须一日面千回"——恨不能一天跟你见千回面才好。这种张扬到极致的毫不收束的情绪在何振岱的诗里是不多见的，可以说是绝无仅有。为什么？因为他太高兴了。

　　这个让老人兴奋到失态的疑庵便是近代著名的方志学家、诗人，著名的文物鉴赏家和收藏家许承尧先生。衣袂翩翩、气宇轩昂、嘉名颇盛的疑庵冒着风雨专程来看他。让老人在吴中的日子锦上添花，自然是喜不自胜。

可是喜则喜矣，烦恼终是会有。偶尔，他也会写写自己的忧心之扰：

闻懿斋病，望怡书不到

想极浑成妄，猜多岂果痴。

老怀徒郁郁，远信故迟迟。

露坐频遥盼，风帘亦我欺。

百端皆未是，至此始伤离。

两日封书速，千金一字安。

如何悭报我，岂是语为难。

兆吉神应信，年衰胆易寒。

旁人嗤过虑，徒倚遍庭栏。

看这首诗的题目《闻懿斋病，望怡书不到》，便知道老人忧心之事为何。"懿斋"是老人家的女婿姚懿斋，也就是他的宝贝女儿何曦的丈夫。"怡"是何曦的字健怡。题目说得很明白：听说懿斋病了，我却等不到女儿的消息。题目统领了全诗，也交代了原因。拳拳之心，一目了然。

这首诗共八联，每两联为一个层次，一共有四个层次。

想极浑成妄，猜多岂果痴。

老怀徒郁郁，远信故迟迟。

这前两联为第一层次，写了因收不到女儿的来信自己焦

112

急担心的心情。

"想极浑成妄，猜多岂果痴"。这写的是女婿的病让老人担心的程度。不知道病况如何，老人家独自胡思乱想，越想越多，猜来猜去简直要疯掉了。干着急没办法，因为迟迟等不来消息呀，"老怀徒郁郁，远信故迟迟"。

第二层则是在这种焦急中的自我状态：

> 露坐频遥盼，风帘亦我欺。
>
> 百端皆未是，至此始伤离。

"露坐"是什么意思？就是深夜独坐。因为担心而深夜难眠，一直坐到月落露起。"露坐"是古诗词里常用的意象，常用来写深夜难眠时的孤独和忧伤。比如宋代诗人陆游就有相当多的"露坐"诗，如："持杯露坐无人会，要看青天入酒

何振岱與次子、三子、女兒全家照

中"等。"露坐"突出了一个感觉就是"独",若不是"独"那也就不写"露坐"而写"对饮"了,其感也全然不同。这就是古诗词的特别之处,物和意与感相连,一个"露坐"忧心毕现。深夜微寒,孤独忧伤。苍苍穹庐下,独坐一夜凉。这是"露坐"中透出来的感觉。

"露坐频遥盼,风帘亦我欺。百端皆未是,至此始伤离"。忧心伤怀,深夜难眠,"遥盼",盼什么?盼远方的来信。盼到什么程度?"风帘亦我欺"。"风帘亦我欺"就是"风帘也来欺我",实际上是风卷帘起让我心烦。与其说是帘烦,不如说是心烦,心烦之时,万般不对。这里以"风帘"喻心可为妙哉!到这时,前首诗里那些"临老朋欢如骨肉,真须一日面千回"的喜悦和"甚欲晨昏依汝老,也应林壑为吾谋"的通达都不见了。开始想回家了,"至此始伤离"。

接着便是一层对女儿的埋怨和胡思乱想:

两日封书速,千金一字安。

如何悭报我,岂是语为难。

写一封信两天就到了,有一个字我就心安了,为什么迟迟不告诉我呢?难道是病情危急难以开口?

你看,这心情,细节,担心,埋怨,猜测全都有了。人物的心理在这一问,一怨,一叹,一愁里,仿佛能听见他心中的嗟叹。细节的灵动增加了诗意,能抓住心中极其细微的变化入诗,这种本事非常人可有,这就是好诗人所以为好之所在。诗好，往往最不在于如何写大，而在于如何写小。

也许是老人在极端的忧心之下，自己卜了一卦，所以他说：

> 兆吉神应信，年衰胆易寒。
> 旁人嗤过虑，徙倚遍庭栏。

卦象呈吉，我应该信呀。为什么还是如此担心？唉，是我年纪越大，胆子就越小啊，纵是有人笑我太过焦思苦虑，也还是放不下啊。

这是老人吴中之居时的一段插曲，一改这期间惯常的愉悦柔和之音，尽写了为儿女的焦虑忧怀之态。父爱沉沉啊，拳拳之心让我们今日读来满满的都是感动！

这里还要再回头说一下他的诗题。这首诗通篇写自己的担心和等待，从第一句开始便是单刀直入写自己，为什么？原因都在题目上。题目既统领了全诗，也是诗中种种赘述的原因。整首诗都是由这个原因带来的结果，从焦急乱想，到遥望期盼，再到疑惑怨哀，最后不顾别人的嗤笑，重回到等待担心的原态，所有这一切，都在这个题目的统领之下，正文中不必再拖沓复述，如此才显干净利落。诗词文章，皆是此理。

一步一景一扬州

  我们连续多期在这里记录着老人在吴中的日子。这段时光，是老人家一生当中少有的"极致"时光，山水为伴，诗书以寄。在这段时间里，老人家虽为万里客，但满座尽嘉友，出入皆良朋。这里面，陪伴他最多，又最受他嘉赏的当然是高足吴石了。所以在这段时间里，他和吴石颇有些诗词酬答。除却零星的诗词以外，单是这次扬州之行便得十二绝。师徒之间唱和之频繁可见一斑。只可惜，一时间没能找到吴石将军的应和之作。不然师徒诗作同放于此，更诠释一段佳话。

  此一组绝题为"杂诗"，实际上每一首都是工整无瑕的绝句，无一处旁生失落之笔。可见老人家为诗学之严谨，为功力之深厚。所谓"杂"者，盖为所写之景多也。

  此十二绝从第一首来到扬州，到最后一首离开扬州，写了扬州的一步一景所见所闻。笔调随着诗人的脚步移动，见则咏之。没有贯穿的主题和侧重，这就是题中的"杂"之所在。这一步一景看似杂而无序，但实际上却是老人家行走的路线图，也贯穿着十二绝的起承转合和脉络走向。

扬州杂诗十二首同吴虞薰作

相携江步渡柴桥，驰道平连柳色遥。
未到扬州先野望，炊烟茅舍雨潇潇。

斜风细雨广陵城，不着闲愁亦有情。
花石都含名画意，巷坊未废古时名。

一橞萧疏意不穷，万枝秋缀舫西东。
蓼花不自矜颜色，只向河流养淡红。

古堞阴阴冒绿萝，柴扉不掩种花多。
水村似有承平影，人意萧闲看客过。

大虹桥外水天宽，移棹中流尽意看。
我与野鸥同自在，岸回丛苇不荒寒。

隔江岚气赵家山，曾见名公宴翠鬟。
今日祠堂映修竹，灵光犹绕碧云间。①

跨水玲珑涌五亭，亭前小语是风铃。
垂杨多处烟全绿，古塔颓边草自青。

---

① 平山堂。

117

有栏杆处皆临水，在树阴中独过舟。

月观风亭凭纵赏，渔湾鹭港最宜秋。

龙天钟鼓自清酣，膜拜禅规我略谙。

容易水乡成佛国，莲花红艳胜江南。①

词仙俊赏淳熙世，红药犹存廿四桥。

后八百年空怅望，黄鹂声似玉人箫。

天人三策董江都，一井寒泉更渫无。

犹笃遗经少荒宴，汉皇至竟得师儒。

鸣雨篷头绝好听，归途霁景又扬舲。

二分带得扬州月，七夕还看白下星。②

"相携江步渡柴桥，驰道平连柳色遥。未到扬州先野望，炊烟茅舍雨潇潇。"这是将近扬州而未到之作。以此篇作为扬州之行的开端可见其不杂，最起码顺序没有乱。写了临近扬州时走过的路和看到的景色。

一首绝句，四句诗，却好似一幅图画，让我们看到了其

---

① 是日法海禅寺有念佛道场。
② 是夜林敦明招饮，同高筱庵、吴虞薰集玄武湖舟中。

图为位于福州三山人文纪念园的吴石将军（右）、何遂将军（左）铜像

中有什么人，走到了哪里，过了什么桥，看到了什么景，还有他和扬州的位置。人物、动作、所处之地、目光所及、郊外之景以及环境氛围，凡此种种在诗句里流动，自然又充实。"相携"何人？当然就是吴虞薰，也就是吴石。这里交代了人物，同时也回应了题目。"江步"中的"步"，同"埠"，也就是江边码头。"柴桥""驰道""柳色遥""野望""茅舍"中流露的是一种乡野景色，也就是"未到扬州"里告诉你的扬州城外。从这里你可以看到，情景是统一的，也就是他所有的景物都统一在了一个"野"字之下而没有任何旁杂。而从中流露出来的情味又全是诗中在看的景和行路的人。所以在这四句当中看似在写景，实际是在写人。写他们师徒相携走到江边，过了柴桥，放眼望去驰道两旁平野与烟柳相

连，一望遥遥。而"雨潇潇"中的"炊烟"和"茅舍"与这一望无际的柳色相连，营造出了一种烟雨蒙蒙的江南水乡的景色。

这四句作为"起"，这是一个时间上的序，告诉了他们初到扬州。接下来是不是按照起承转合的安排呢，还是就如同题中所说的"杂"呢？我们接着看。

"斜风细雨广陵城，不着闲愁亦有情。花石都含名画意，巷坊未废古时名。"这是进了扬州城了。

"广陵城"即扬州城。扬州最早在三国时期是吴地广陵县，到了北周时改为吴州，再到隋时改为扬州。老人在诗里惯以古称，这里亦不例外。

上首诗里有道："炊烟茅舍雨潇潇"，这里又以"斜风细雨广陵城"开篇说明时间并不遥远，刚才在郊外，现在进到了城里。此时虽然"斜风细雨"，但我依然兴致勃勃，"不着闲愁亦有情"。看花看石，走街转巷，看石上的花纹像名画一样美好，也为街巷的名字未废掉古时名而欣慰。整个四句中流露的是在扬州城里的新鲜和欣喜。

"一穗萧疏意不穷，万枝秋缀舫西东。蓼花不自矜颜色，只向河流养淡红。"这时候从岸上走到了"舫"，也就是船中，时间上与前两首都拉开了距离。也许所谓的"杂"也是从此开始。这里写一行人游于江上或饮于舫中，看画船旁秋叶稀疏却别有妙意。那高高爬升的花，不耀自妍，这颜色在水流中映照出一片淡红，水映花色，花照水红，虽"一穗萧疏"却已经是足够美好。这里的"一穗萧疏意不穷"，表面上是秋之意，实际上是人之意，虽逢秋却意致，意致时，舫上的花枝，水中的映红皆然。这里的"自矜"是自负、自夸的意思。而"养"则是供养、提供之意。

"古堞阴阴冒绿萝，柴扉不掩种花多。水村似有承平影，人意萧闲看客过。"优哉游哉，闲适漫步，这就走到了郊外。这里无奇花异景，雕梁画栋，有的是乡野人家的古朴清幽和质性自然。"古堞（dié）"之上，盈盈绿萝刚刚露头。"萝"的绿和墙的"阴"在色彩上形成了对比，而"冒头绿萝"的嫩和"阴阴古墙"的古老又是一种质感的对比。在重重对比之下，是未掩的"柴扉"里的繁花竞开。上句给人一种古老的厚重，下句又给人一种淡然的宁静，从"堞"与"萝"的对比，到"扉"与"花"的映照，流露的是陶渊明笔下那种平淡自然和醇厚隽永的情致。这种情致延续下去，便是人的动态和感知，即"水村似有承平影，人意萧闲看客过"。这里上句中的"似"是这一句的眼，一个"似"字告诉你，这里是诗人眼中的景，心中的感——"这水村仍有过去的太平之相啊"，这里面，一写了小小水村的安然宁静平和，二写了小村远离尘嚣的偏，三流露着对这种偏远宁静不落凡尘的感叹，也彰显着世事的不同，重重意思囊括在一句之中而又不失轻灵，实是一种功力所在。而最后一句则是这句的补充和加强："人意萧闲看客过"这一句实际上是上一句的倒置，即上句的感是由这句的动而来的——闲寂无聊的柴扉中，闲适的人淡看过客穿梭。看似一种闲适甚至寂寞，实是一种放松平和。流露的是适宜感，不仅是水村柴扉之人的适宜，也是

121

作为"客"的适宜。当然也是我们读者读诗时的适宜。

"大虹桥外水天宽，移棹中流尽意看。我与野鸥同自在，岸回丛苇不荒寒。"从淳朴自然的水村小景，来到了水波连天、飞桥如虹的水上，泛舟中流，尽情看这水天之间野鸥翻飞，舒畅自在，纵然岸边丛生的芦苇也不觉其寒凉。这里的"回"是盘转、环绕的意思，是写岸边延绵环绕生长的芦丛。在古诗词里，芦苇的意象通常用来寄托悲秋伤怀、离愁思乡之意。而这里，他却说不荒寒，为什么？当然是因为"自在"。心自在，寒不在。

> 隔江岚气赵家山，曾见名公宴翠鬟。
> 今日祠堂映修竹，灵光犹绕碧云间。

此绝注明了题《平山堂》，这个平山堂是中国被历代文人吟咏最多的建筑之一，从欧阳修起到苏轼、康熙、乾隆等，自古以来被文人雅士引用不绝，单是乾隆就有题四十八首之多。可见该平山堂之诗意不凡。所以老人至此，自然是不会放过的。

绝仅四句，却既有着空间的距离，也有时间的变换，并兼内心和外在"所见"之变化。所谓的内外、远近、昨日、今朝的变化皆在这短短的二十八个字当中，容量颇大却又不失轻灵悠然的诗意，让人颇为感佩。我们看：

"隔江岚气赵家山，曾见名公宴翠鬟"。此"隔江"便与平山堂拉开了距离——此是远远地看着。既是远看，又是

"岚气"相罩，自然是只能看山，即"赵家山"。这里的"赵家"寓意着这座山开于宋朝，是赵家的地盘儿。"岚气"就是雾气。这两句虚中有实，实中又含虚，是现实与虚幻中想象的交融。比如上句写隔江观望，下句则进入了遥想和虚幻："曾见名公宴翠鬟"，这里的"见"并不是真见，所以他用了"曾"，这个"曾"字是让他立在这里进入遥想的一个点，也就是说，既然是"曾见"，当然就不是现实，只能是虚幻中的"见"。而"赵家山"三字是牵出这个幻见的手，"岚气"则是"见"的氛围烘托。这种种条件之下，"见"到"名公宴翠鬟"便自然顺达，水到渠成。这些是需要认真仔细地体会的。这便是诗意的承接和流畅。高手写诗有前后左右相互的烘托和映照，所有的字都不是孤立存在，你感觉到的浓浓的诗意正来源于这种烘托。虽然时间和空间、现实和虚幻在不停地转换，却毫无突兀骤猛和违和感，也是因为这气氛的烘托与那只无形手的牵引和承接。这是写诗很重要的体会。

"名公"即欧阳修，传说欧阳修当年在平山堂大宴宾客时，常取荷花千朵，差侍者取花传客，依次摘其瓣，最后一片者则饮酒一杯并赋诗一首。所以这里的"宴翠鬟"并不是宴请翠环，而是在宴上穿梭的侍女。

"今日祠堂映修竹，灵光犹绕碧云间"，则把时间从往日的隔江遥望拉到了"今日"。时间上的距离从今日二字里见到了。从隔江观望到今日的堂前映竹，这一句里时间和空间转变同时出现。"灵光犹绕碧云间"是对之前思幻的诠释，"灵光"是对先贤德泽的赞美，即回到了现实之中，欧阳修的贤

123

明功德仍然萦绕在这碧云之中不曾离去。

"跨水玲珑涌五亭，亭前小语是风铃。垂杨多处烟全绿，古塔颓边草自青。"这里的"五亭"是指扬州瘦西湖上的五亭桥。五亭桥上五亭的四个檐角均有风铃系之，微风吹过，铃声阵阵，清脆可听，所以诗中说"亭前小语是风铃"。以"小语"拟风铃之声，可谓纤巧灵动，"小语"者，喻风小也，微风习习之中踏桥而上，望四周满目皆绿。唯有斑驳的古塔掩映在青草之中。此诗是眼中所见之景，写见之所见，见绿则写绿。但"青"与"绿"在诗意上重叠，没有了层次和色彩的错落感。所以"草自青"换一种写法也许会更好一些。

"有栏杆处皆临水，在树阴中独过舟。月观风亭凭纵赏，渔湾鹭港最宜秋。"写过了白日，诗笔指向了月下。月下赏景依然纵情。"有栏杆处皆临水，在树阴中独过舟"完美地诠释了瘦西湖的特色，与"两堤花柳全依水，一路楼台直到山"异曲同工。这首诗赏的是瘦西湖小金山上的风亭，但此赏却不是在风亭内赏，而是在风亭之外遥望，这个感觉是从"月观"处来的，"月观风亭凭纵赏"，即月下观风亭。所以此处的"凭"则是凭了起句中的"栏杆"，由此纵赏风亭及秋色宜人中的鱼湾和鹭港。

"龙天钟鼓自清酣，膜拜禅规我略谙。容易水乡成佛国，莲花红艳胜江南。"是日法海禅寺有念佛道场。此时仍是游在瘦西湖，诗人的脚步走到了立于湖水中央的法海禅寺，开始了一段小白描。"龙天"二字告诉了你这里是佛家之地，"钟鼓"是佛家念佛时的鼓乐声，悠扬且醇醇。这些膜拜的规矩我是略略懂得的，白描也在于此：膜拜禅规我略谙。"容易水乡"是"水乡容易"的置换，"莲花"不仅仅是写景，也是佛家氛围的烘托和铺垫。

"词仙俊赏淳熙世，红药犹存廿四桥。后八百年空怅望，黄鹂声似玉人箫。"这一首可谓玄机多多，这玄机便是诗中层层叠叠的人物和典故，这些人物典故堆积在一起，读起来却没有堆砌感，这是诗人的高明之处，所谓的用典无痕正是功力和学问的见证。

"词仙俊赏淳熙世"中"词仙"说的是诗人姜夔，"俊赏"则是引用了他《扬州慢》里的诗句："杜郎俊赏，算而今、重到须惊。"这里的杜郎便是唐朝诗人杜牧。传说杜牧曾以在扬州诗酒清狂而著称。比如他广为人们传诵的那首《寄扬州韩绰判官》"青山隐隐水迢迢，秋尽江南草未凋。二十四桥明月夜，玉人何处教吹箫"便是一例。这里的起句中以姜夔引出杜牧，再自然地牵出二十四桥之"红药犹存廿四桥"。"红药"写的是芍药，所谓的二十四桥又名红药桥，盖因桥边遍植芍药花而得名。八百年过去了，前人已逝矣，唯有树上黄鹂声声如玉人的箫声响在耳边，引起我无限的怅思，这便是："后八百年空怅望，黄鹂声似玉人箫。"

在这一组十二首里，几乎每首皆是畅游之快感，如前面所解的"不着闲愁亦有情"，"一穗萧疏意不穷"，"我与野鸥同自在，岸回丛苇不荒寒"。即使秋色也是相宜的，"月观风亭凭纵赏，渔湾鹭港最宜秋"，唯有这一首透出了怅意，盖由二十四桥诗中的凋零萧瑟之感所起。这就是所述之物皆有来源，所发之感皆有所起。

"天人三策董江都，一井寒泉更渫无。犹笃遗经少荒宴，汉皇至竟得师儒。"这首写的是江都相董仲舒。董仲舒曾两任江都相，留下了诸多遗迹，可惜这些遗迹大多难寻，其中的"董井"便是，所以诗的前两句诗人写道："天人三策董江都，一井寒泉更渫无。""天人三策"，是董仲舒提出的治国之策。当年汉武帝即位后，向朝臣征问治国之策，董仲舒连上三策以答帝问，这就是著名的"天人三策"。在三策中他主张天人合一，并罢黜百家，独尊儒术，如此开创了中国两千余年封建社会以儒学为正统的局面。这里的"天人三策"正是此典故。但三策犹在寒泉却已难寻，"一井寒泉更渫无"，写的是董井已经淘尽并淹没在历史的尘埃中了，即使这样，他的"遗经"，即他的学说仍为后人尊崇，便是汉皇也尊他为先师。

> 鸣雨篷头绝好听，归途霁景又扬舡。二分带得
> 扬州月，七夕还看白下星。是夜林敦明招饮，同高
> 筱庵、吴虞薰集玄武湖舟中。

一步一景，一景一诗的扬州之行到这里终于结束了，畅游的喜悦仍在，所以诗中没有离别和不舍，竟然连雨打船篷的雨声都绝顶地好听。这一天老友林敦明召集大家泛舟玄武湖饮酒，同舟者有高筱庵、吴虞薰。在淅淅沥沥的雨声中畅饮话别，在秋雨初霁时扬帆走上归途。这就是"鸣雨篷头绝

126

好听，归途霁景又扬舻"。"二分带得扬州月，七夕还看白下星"，这里的"二分"取自唐朝徐凝的诗《忆扬州》："天下三分明月夜，二分无赖是扬州。"这里既写了扬州的月色，又表达了时间的移动，我今天还在扬州赏着皎皎的扬州月，到了七夕时，我就回到南京看那里的星星了。"白下"正是南京的别称。

　　扬州十二首足以看出老人家和高徒吴石之间的师生之谊，更能看出老人家在高徒陪伴之下的欣喜和满足。这种情谊经年不变，被他写进了诗里，也写进了心里。在许多年后，老人家仍有诗篇回忆这段同游江南共处吴中的日子。在1949年吴石将军赴台前夕，他特意回到福州拜别老师，并叮嘱老师："恐时局有变，请尽量居家，敬少外出。"老人对爱徒的归来喜不自胜，特作一诗以记之曰：

喜吴虞薰归①

　　吾年未六十，作客依燕都。

　　君来谭群经，灯前衍卦图。

　　爻辞参秦汉，象理探古初。

　　君今逾五十，归里握虎符。

　　干城卫邦土，腰带悬属镂。

　　光阴转目间，仿佛游三吴。②

---

① 此诗为未刊稿。
② 予曾挈眷居金陵数月，皆住君家。

世事烟云幻，前后只须臾。

遗忘苦未能，一粲扪霜须。

己丑 1949 年作

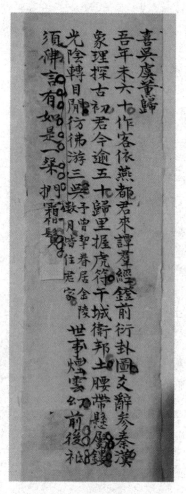

何振岱为吴石 1949 年 6 月去台湾前题的诗

　　此时的吴石已五十有余，老人家也已是八十二岁高龄。他在诗里回忆了当年师徒两人在一起研读圣贤之书以及研经占卦时的情景，更是特别注明在畅游三吴时携眷住吴家数月。如今光阴似箭，转眼经年过去却仿佛只是须臾，那些美好的时刻我怎能忘记啊，每每想起仍会捻须会心而笑。

　　这应该是老人家写给吴石将军的最后一首诗了，那以后不久吴石退赴台湾，并于次年 6 月在台湾遭叛徒出卖被国民党军事法庭判死。又两年后老诗人也魂归天上，一场师生情谊至此终结。

　　吴中之居虽仅数月，但却是老人家人生中难得的时

128

光，亦是他一生当中颇值得赘述的一段经历。这里面不仅仅是有来自学生的骄傲，更有他作为一个老师的骄傲和光彩。这一段故事以诗为凭记录于此，算是完整地记录下了老人家的一段经历。希望我们能从诗人的诗词中探出更多的故事，逐渐地还原他的人生，还原出一个活色生香的何振岱。

诗里乾坤大，小句写平生

这首小诗是写给民国时期著名的书法家、篆刻家和书画鉴定家黄葆钺先生的。

何振岱与黄葆钺既是同乡，也是同好，更是同志。两人相交甚笃，惺惺相惜，书信来往频繁，诗词唱和不断。只是这些往来唱和之作在诗人的作品集里却鲜有收录，大多流落到了民间，在文物拍卖会上方能见到。在《何振岱作品集》里有关他和黄葆钺的作品，我只找到了这一首：

赠青山农

> 室小天弥古，身疲神自愉。
>
> 寒光照沧海，知有椟中珠。

"青山农"乃黄葆钺的别号。

写给这么一个经历丰富、爱好丰富、才情卓越的文化大家的赠诗竟以五绝为律，让我颇感意外。五绝字少，空间小，腾挪不易，更莫说要在这寥寥二十字里写出一个人的全貌了，如何做到，要的是强大的功力。让我们来看：

初读此诗，总感觉暗含玄机，处处都是故事，但不知道故事是什么，须细细寻找方得。记得我的老师曾说"诗越短小，越不宜含典，即使含典，也须无痕"。用典但却无痕，这大概就是我隐约感觉到的玄机所在。好在我们无须在诗中寻找故事，只要就诗论诗，解读诗意就好。

何振岱与黄葆钺的书信往来

看首联"室小天弥古，身疲神自愉"。十字对仗，写了人物周遭的环境、爱好、造诣及乐此不疲之貌相。"室小天弥古"可断句为"室小，天弥古"或"室小，天，弥古"，意为：陋室虽小，却尽是古意。这句写室内空间、室内气氛、室内的小世界。一句写出了诗中之人的背景和爱好，即安贫、好古。"天"不是指天上，而是指室内空间，它和"弥"一样，是满的意思，即室内弥漫着古意，亘古的气息。我们看看黄

131

葆钺的生平介绍："无心仕途，而对书法、碑刻、绘画等艺术感兴趣。对碑碣法帖、鼎彝玺印、汉砖石刻及名家真迹悉心揣摩，自学书画篆刻，潜心研习，技艺精进。"恰应了此句。也就是说，他睥睨红尘，追逐古意，不问世事，反而容身天地。返璞归真，回归自然，却让格局更大，所以"天弥古"。此首联一出，看似虚写无实，可是巨大的信息量都在其中了，其人物也活生生地立起来了。

"寒光照沧海，知有椟中珠"。"寒光照沧海"是虚话实写，"寒光""沧海"都不是指本义。"寒光"不是真的有一道寒冷的光芒，"沧海"也不是指茫茫大海。用"寒光"和"沧海"这样具象，其用意是把道理"实物化"。"沧海"乃人海，乃大千世界，也可看作是人世间。"寒光"，可以看作是"天光"，"天道"，天道酬勤。所谓的天地自有道，不埋真才子。之所以用"寒光"，是因为前面有一个"天"字了，所以"天光"以"寒光"替代。天道之下不能藏私，这就引出了下句，"知有椟中珠"——即使"椟中珠"也能看得到。寓意真金子不会被埋没。

在另一层意思上，"寒光"也可指吃得苦中苦，方为人上人。即所谓的磨砺之道，尽寒也。就好比"寒窗"指的是读书是同样的道理。这是诗词的引申、比喻和夸张，也就是诗人的思维。诗人用这种虚话实写的方式将前两句的状况和境界的描写来了一个角度的转换，以大视角来论之，然后在尾句中以小"椟中珠"来收束，以达到收放的平衡。

尾句境小，是一种比喻。取"椟"的平庸与"珠"的珍贵作比较。这个"珠"就是描写的对象，黄氏。貌不惊人，璞玉藏珍。"椟"，是他不如意的环境状况，隐应着的是首句中的"室小"，虽然你伏于椟中，但天道有眼，终会看到你的。

再说律：

我们看到此绝首联对仗，起句仄收，这都应了五绝的诗体要求。五绝因为字少，所以对诗体的要求：一、首联以对仗为佳，以对仗压阵增加稳定感。二、起句宜仄收。三、大气。以小压大。五绝适合大度之气象，不适合写小闲情。

还有在用典上，五绝可以引典，但因为字少不容易切入，所以五绝用典非常不易，一般人控制不好，能娴熟控制五绝的，都是圣手。

所谓五绝还有其他种种，不一一赘述，这首小绝恰合了五绝的诗体特点，一绝便可看出老诗人的功力所在。如此他才得以腾挪有余，用二十个字写了人物的环境，动态，爱好，神情，前世所及，今生评价。四句虽小，乾坤却大。如此立起一个活生生的人来。

俯身诗海拾一珠

 上一讲赏析我们沿着西泠印社的线索找到了何振岱为西泠印社三老石屋的对联作者黄葆钺先生写的一首诗《赠青山农》。没想到，沿着这条线索，我们又找到了何老先生为黄葆钺写的另外一首诗，就是今天与大家分享的这首诗。这首诗未曾见获于任何诗集文稿，诗亦为"未定稿"，以何振岱之惯有的为诗之谨慎态度，这首诗能于今日面世，颇为不易。

 何振岱一生以诗名为重，为诗为文颇小心翼翼。有传说在他的自选集《觉庐诗稿》刻成付印当时，老人家还会将某些诗整版挖去，以避不妥，免瑕疵与世人共见。所以在他的一生当中，有多少诗作失落在时光的风烟中？《觉庐诗稿》选有他从二十岁到七十岁期间的诗词作品，那七十岁后的诗稿又流于何处呢？这首诗作为他的"不全"之作，能流传至今让我有如获至宝之感。在时光面前，前人的作品，"全"与"不全"都不再重要，重要的是我们有幸将这些珍宝一一拾起，赏析品味并保存于此，留待将来重印诗集时补阙拾遗。

 这首诗为何欣晏女士偶得。因诗后题有"未定稿"三字，断定这首诗因"未定稿"而失落，今天得见堪为诗海之遗珠，俯拾又一颗。

　　**海上晤青山农留
饭见其公子及所为诗
画诸礼书，又以画一
帧见贻，赋此志拜**①

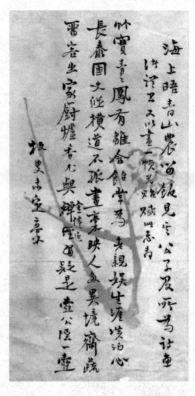

何振岱诗稿

竹实青青凤有雏

含饴常为老亲娱

生涯淡泊心长泰

图文纵横道不孤

画稿映人多异境

斋蔬留客出家厨

炉香尤与金仙近

疑是壶公隐一壶

　　这是诗人在上海与著
名的书法家、篆刻家和书画鉴定家黄葆钺先生即题中的青山
农会晤后写的诗。海上即上海。当年黄葆钺在上海滩颇负盛
名，曾与当时的金石书法家王福厂、马公愚并称"海上三
老"。何振岱在上海拜会了这位金石大家，两人惺惺相惜，
被盛邀留饭，并同时见到了黄家公子黄聿丰及所作的相关诗
书画作，且获赠画作一帧。老诗人感激不尽，赋诗致谢。

---

① 梅叟未定稿。

鉴于诗中间有纠改之处，同时又"未定稿"，我判断这首诗是在黄老先生家当场写就的。

"竹实青青凤有雏，含饴常为老亲娱。"这里以"竹"喻黄老先生，"实"则是黄家公子聿丰。在古诗词的意象当中，竹是品格的象征，寓其虚怀若谷，身弯不折，柔中带刚，生而有节。这是对黄老先生不动声色地赞美。而"青青"则是黄公子形象之玉树临风、挺拔洒脱、清秀俊逸、谈吐有致的写照。四字淡淡一出，黄家父子一门二杰的形象便立于纸上。接着的"凤有雏"则是对这种赞美的进一步推进。"凤有雏"引用的是陆云著名的"龙驹凤雏"之典，写黄公子不辱父名，雏凤清于老凤声之后来居上。"含饴常为老亲娱"写父子之间的天伦之乐，父子情深。"含饴"和"常为老亲娱"是父子之间的亲情互动，前者写父与子，后者写子与父。父子间的相互交融，这一联中一同写了。

"生涯淡泊心长泰，图文纵横道不孤。"上联以子起，本联以父来承。此联诠释了黄葆钺不慕权势，不争名利，生性淡泊，却书画文章雄浑奔放，恣意纵横。"道不孤"出自《论语》"吾道不孤"，意思是说，他纵情的才华和品质德行能吸引众多志同道合的人，纵是身处陋室也如立身天下，让天下友人趋之。这是对青山农的赞美。

"画稿映人多异境，斋蔬留客出家厨。"这一联当是对黄家环境的描写，写这里的画作和作画的人都是那么的美好而特别，让这里显得也颇为特别，并以素餐留客，如出家人一般。看似写景，实是写人。通过"画稿映人"写主人的清癯脱俗，以及布衣素食处之怡然。有传黄葆钺曾刻"葱汤麦饭家风"一枚印章以自励。这里的淡泊之怡为一佐证。

"炉香尤与金仙近，疑是壶公隐一壶。"此联上句延续上联，将人物放在环境中来描写。"炉香尤与金仙近"中看似无人，实际是写你站在佛前袅袅香雾当中，"就好比未挂葫芦的仙人一样"，令人肃然起敬。

此律注明为"未定稿"，以老诗人对作品的严谨程度，此注颇为意味深长，那就是，此作品尚未达到老人家满意的程度。不过，对于我们来说，能拿到诗作便是幸事，任何一件墨宝文字都是一个历史的标点，能让我们搜其轶事，以悉平生。所以在这一篇里，我们重在考证。在这首诗的典故搜寻过程中，得到了诗词大家舍得之间老师、何欣晏女士以及黄葆钺之孙黄一知先生的鼎力相帮，助我将诗中重重叠叠的典故一一破解，找出了诗人在近百年前的那一个小小的故事，那一个转瞬的片段。在此一并致谢！

快意人生唱大风

高阳台·南昌夜闻大风

旋树才喧，排窗更厉，天公一噫难平。万窍同号，不知何处先鸣。凄钲怨铎都沉响，近深宵、瓦击垣倾。梦频惊。铁骑边驰，百万军声。

平生浩荡江湖兴，记飞涛千顷，孤舶曾听。快意长风，犹疑鼓楫堪乘。几时短发催人老，看飘花、春晚江城。漫销凝。招鹤扶摇，梦绕青冥。

何振岱先生多愁善感，其作品中诗中常有浓愁不化，尤其是在填词之间，各种愁俯拾即是。比如："念独自、夜长添烛。更病余、梦沉还续"。"江南旧恨，尽伤心、翠眉重蹙"。"叹入秋意味，浑不似前年，耽诗滞酒，暗伤怀抱"。"直饶滴滴声声，阶前枕上，把旧恨、情伊细诉"等写尽了他的愁绪。不过这一首是个例外，夜半狂风大作，诗里有惊无伤，这在他的作品中颇难见到。还有一个特别之处是，他选用了"高阳台"这一词牌来诠释他的快意乘风，浩荡销凝，这也让我颇感讶异。

高阳台，双调一百字。调名取自宋玉的《高唐赋》。《高唐赋》里写的是楚襄王梦中在高阳台与巫山神女相会的故事。词牌又名"庆春宫"或"庆宫春"。

单看词牌名就知道，这个词牌多写的是男女欢爱或离别相思。且词牌声调缠绵，宜表达凄抑的情调。比如"小桃未尽刘郎老，把相思、细写瑶琴。怕归来，红紫欺风，三径成阴"等等。所以诗人这阕词从内容到表达不可谓不奇。

我们来看他是如何快意写风的。

"旋树才喧，排窗更厉，天公一噫难平。万窍同号，不知何处先鸣"。风，不必写大，一"旋"字，一"排"字，就够了。有"旋"才"喧"，有"排"则"厉"，风声之大，风势之烈，全在这八个字中了。后面的"万窍同号，不知何处先鸣"则是气氛的进一步烘托。就好比是舞台，"旋树"和"排窗"是台上的角在台前表演，而"万窍同号"则是背后的效果，如此便有了一种山石排空般的气势和混响。这些都是哪里来的呢？是"天公一噫难平"。"噫"：叹也。天公一叹，万物皆惊也。一时间，飞沙走石，鼓镲和铃声都响起来了。

如果说，前面的"旋树""排窗""万窍同号"是台前的角和台后的声，那接下来的"凄铽怨铎都沉响，近深宵、瓦击垣倾"便是那台侧的小鼓小镲和台上翻跟头的龙套了。

"铽"：是古代的一种乐器，多在行军时使用，以惊醒士兵，保持肃静。而"凄铽"声出，你就知道这声音有多么的凄怆难听了。"铎"：是大铃的意思。古代多有将"铎"与"风"

相联系的，比如《洛阳伽蓝记》里的"宝铎含风，响出天外"等句。这几句和前几句相比，"旋树"和"排窗"等几句是大环境，这里则是小细节，是大环境中的小细节。有了这些细节，诗才会充实有内容。这就是虚实和收放的平衡。而所有这些舞台上的"风之印象"的导演，就是作者，那个"梦频惊"的人。

"梦频惊"一句，就是让人物登场了。人物既出，风即退后，这就是要为"换头"作准备了。所以这里的"准备过片"是从"梦频惊"开始的。用意在引出下片的新意："平生浩荡江湖兴，记飞涛千顷，孤舶曾听。快意长风，犹疑鼓楫堪乘，几时短发催人老，看飘花、春晚江城。"

我们说，有大兴，才会有大感，前面所有的飞石卷沙、旋树排窗的气势，都是为这些感来准备的。加上那两句"铁骑边驰，百万军声"，更是为牵出这些感意有了个自然顺达的过渡。为什么？因为"铁骑边驰"和"平生浩荡"里透出来的情味是相同的，而"铁骑边驰，百万军声"又合理地承接了前面的"凄铮怨铎"的感觉。这些，就是诗词里的脉络衔接，看似表面无关，实则丝丝相连。这丝丝相连的，就是作品里的意。

所以大风引出的，不单单是人物，而是人的"大感"，让他由此来记平生的浩荡江湖。既有千里飞涛，也有孤舟闻风。这里"孤舶曾听"里的"舶"和"孤"字相连，用得不是太合理。我判断是为"舟"字之意为和格律而用之，实则"舟"也。这里不仅仅是关于"风"的记录，也是诗人的人生记录。经过大风大浪，也有过孤清飘零。全部都是对过往的感慨。到了"几时短发催人老，看飘花、春晚江城"则是感慨后的小意了，时间也移到了当下：一切皆过往，不知何时已发稀人老，至今日，在这个晚春时的江城。前面写景，有大景中的细节。下阕写意，也有大意中的细节，这几句便是这细节所在。有细节，有血肉，才丰满。

最后的煞尾便是挥挥手，把一切都放下了："漫销凝"，什么也不想了。"招鹤扶摇，梦绕青冥"。让思绪随风飘走，乘鹤扶摇万里，梦飞天外吧。

从景入情，由往至今，一番思量，又能如何？这是一种放下，也是一种无奈。让过往都去了，也是让风在此停闭了！

雨夜痴写相思

渡江云·南昌夜起，客思凄然，赋寄内子岚屏

雨声停又续，催花却懒，爱近客愁边。锦衾宽半冷，梦绕春云，了不近香钿。离忧易老，况离愁、苦向人缠。道漫怨、江城多雨，无雨几曾眠。

灯前。扉铃屡响，琐碎听来，绕栏干都遍。人倦矣、芳春易晚，巢燕依然。多情只是多离别，觅相思、海与云连。炉篆瘦，怎生学得枯禅。

读何振岱的诗，令我最为感动的是他与夫人郑岚屏之间爱的互动。在他的作品里，他对妻子的爱是不加掩饰的。或真情告白，或对坐浅饮，或相偕陌上，或午夜相思。夫妻之间月下唱和，午间问饭，小议插花，品茶养生，点点滴滴写尽了恩爱。古往今来，在文人墨客笔下男女之间的互通心意和相思传递虽比比皆是，但是像他这样处处表白爱意的还真不多见，着实令人羡慕。

这阕词就是诗人在伤春倦旅的雨夜，长夜难眠，写给爱

妻的离愁别绪！

"客思凄然"来自哪里？来自那凄凄雨声。雨下了多久？不知，只知道"雨声停又续"。此一句，是时间上的无限

何振岱与夫人郑岚屏

延伸，即雨声不知何时来，客思亦不知何时起，当头一句，便已经是深陷在那浓浓的思念之中了。李清照的"昨夜风疏雨骤，浓睡不消残酒"，同样是写风雨和浓愁，但那描述的风雨是过去式的，愁似乎也已随风雨而去。而"雨声停又续"却是恰当其时，既未说起，亦没有止，时间的无限延长说明了什么？是那孤清之人的客愁之浓重。凄切听雨，听那雨懒去摧花，无辜勾起客愁。这就是起句"雨声停又续，催花却懒，爱近客愁边"中的愁绪意表。这几句里，不写人，只写雨，写雨声。人在哪儿？在听雨。听见雨声停，又听雨声起。这种写法，你看不见听雨的人，却能感受到他在淅淅沥沥的雨声中，彻夜细数雨滴的悲戚。

此写法是一种情境的直接进入，不加交代，直接让读者掉进他的愁绪当中，被那种浓浓的愁绪包围，成功地调起并抓住你的感觉，让你对愁绪有了一种参与感，这种感觉到的愁绪是什么？当然就是诗意。

"爱近客愁边"还有一解，那就是当"近客"为芍药。

明代文人都卬在其所著《三馀赘笔·十友十二客》里有云："张敏叔以十二花为十二客，各诗一章：牡丹赏客，梅清客，菊寿客……茉莉远客，芍药近客。"如当此解，那就是那"芍药花边细雨垂泪"了。此句当有两解吧。

接下来的表达从虚幻的愁，转换到了生愁的人，写人的状态如何："锦衾宽半冷，梦绕春云，了不近香钿。"说孤他不写孤，写"锦衾宽半冷"，"锦衾宽"何意？盖因身边少了一人，所以寝被宽了，人清冷了。云发只绕在梦中，香钿无处找寻。

"梦绕春云"和"了不近香钿"与"锦衾宽半冷"一样，都在以状写情。锦衾宽了半边，冷。春云只绕在梦中，愁。身边了无香钿，忧。所有的情，都在那状景之中，这就是诗词中的景语即情语，状景以写情。

需要解释一下的是，"春云"：喻女子的美发。"香钿"：是古时女子贴在鬓上的饰物。

接下来就是心中的感慨和议论了，从雨停又起，到衾冷孤清，辗转听雨，想到的是什么呢？是"离忧易老，况离愁、苦向人缠。道漫怨、江城多雨，无雨几曾眠"。离忧人易老，何况离愁苦缠不去呢！客愁无边，无雨本已是难眠，更何况是江城多雨时呢！以此解释自己的乡愁如何在雨夜又多了几许。

前面写了夜半听雨，被冷心凉，客愁难眠。时间慢慢推进，到下阕便扣应到了题目中的"夜起"——在"灯前"坐起了。

"灯前。扉铃屟响，琐碎听来，绕栏干都遍"。情痴到何种程度？坐在灯前，痴痴中，雨声听不见了，听见的，是妻子推门进来的脚步声，即"扉铃屟响"。"屟响"在古诗词中是特指女人的脚步声的。痴中生幻。幻觉中细细将那窗外的琐碎声听来，依然都是你的声音。待到从幻境中醒来，自然是一声长叹："人倦矣。"这里"芳春易晚，巢燕依然"是双关语，一说春易失，燕犹在，写状态。一说青春虽去，思念和依恋如巢中之燕，写情态。多情更难是别离，何处觅回我的相思呢？只能怅望那海天连接处。这就是"多情只是多离别，觅相思、海与云连"。

夜起坐了多久？香炉中的香已经将燃完了——"炉篆瘦"。让我如何承受得了如此这般的枯坐愁肠呢——"怎生学得枯禅"！

这阕词最大的特点是状物以情，所有景的描写都是情的写照，正所谓的"景语即情语"。比如"雨声停又续"，非是在写雨，而是在写听雨的人。"锦衾宽半冷"，不是写衾被空，而是感叹身边少一人。而"炉篆瘦"更是在形容愁坐久矣！正是如此才会让诗意涌现，也就是诗之所以为诗之所在。若没了这种描写，直截了当地说我想你呀，惦记你呀，便是无趣也无诗了。

庭中坐望月，五更写忧郁

五更庭中坐月

近侣孰相成，远人乃苦别。

老夫惜夜景，独看庭中月。

疏林净无烟，银汉近可掇。

众星方环绕，为月正不寂。

九州同清光，南北苦战伐。

月色故凄然，月魂定黯绝。

何况对月人，无以消忧郁。

坐久悄无言，凉阶叫蜻蜅。

中秋已过，月还是要写，古诗词中最具感意的意象莫过于秋月当头了。这种感意可惬可忧，月随人心，全看当时的心境。去年中秋欣赏了何夫人郑元昭的诗《山居月夕同心与小饮》，诗中那自剪寒蔬，月下对酌的惬意犹在，到今年看老先生笔下月色却已是全然不同，所谓月儿照人，照的皆是人心。

江亭秋色

何振岱作

　　这是一首古风，入声韵，中间五次换韵却未变入声，一入到底，可见老先生是刻意为之。看其诗意，方知是为取入声之短促沉重感以合其诗中情味。此诗还有一个特点是重字颇繁，"近、月、苦、人、无"皆有重复，其中月字更重复有五次之多。看这些重字，多数可避，如"近"、如"人"都可轻易避开。还有"月"更是如此。将"月"换一种写法未尝不可，更何况在古诗词中，月的名字有一百五十种之多。古诗词讲究炼字炼句，所谓字乱则句散，句散则意落，但为何老人家如此放任笔下呢？归来归去都归在"忧郁"和"凄然""黯绝"之上。所谓诗人下笔，皆有道理。所有种种，可见诗人月下的沉重与烦乱。

诗题为《五更庭中坐月》，这个庭中并不是诗人的自家庭院，而是远方的他乡之地，这是由首联中的"远人"二字而得的。除此之外，整首诗也皆有离人之感。

首联两句为概括性的感言，告诉你庭中望月不是在思远去的人，而是在写离人之苦，似一个引子引出了月下的苦涩。因"远人"而"独看"。

看到了什么？看见了"疏林净无烟，银汉近可掇。众星方环绕，为月正不寂"。"疏林"：是稀疏的树林。"净"：为"净"为"静"。写此时此刻的环境并衔接上句的"独"字，由"独看"而自守静，由夜深而疏林净。"此时此刻，独坐庭中，夜已深更，看疏林风烟俱净，银河繁星可掇。此时众星绕月，为月不寂，却映照着我的寂寞"——这就是这几句的表达。

下面一句"九州同清光，南北苦战伐"在整首诗中显得颇为突兀，可看出老人思维的跳跃。从看月到苦战，中间没有过渡，这一句就像暗夜中的流光倏然划过，那是从"独看月"到"月不寂"引起的清光之下的联想。此联想由"独看庭中月"的苦闷中而出，也就是你若带着苦闷看清光，清光会将苦闷放大，"独看庭中月"的孤独就变成了"南北苦战伐"之忧虑。这便是这一句思之流光划过的缘由。这一句的来源与去处皆不明显，所谓突兀感皆在于此，来源去处都在似明似暗之间，要寻找才能得到。

接下来的"不寂"清光在这"苦战伐"的思想流光划过后就变得暗淡了："月色故凄然，月魂定黯绝。"如果月色是凄然的，那月的魂也一定是黯然欲绝的吧。更何况对月的人呢？"无以消忧郁"。

此诗写忧由远人的孤独起，到念天下之忧患止，从小我到大我，"九州清光"是此转换之间的媒介。此诗句散，炼字不拘，从中能看出作者心烦意乱，忧虑重重。所以解诗，解的不仅仅是诗艺，有时候，更多的，解的是心情。

晓望望去皆是意

怡山方丈楼上晓望

一曙先平野，回光入薄棂。

钟摇云不动，鸟宿月长醒。

水际村灯白，松边殿瓦青。

欲将残夜意，默默问山灵。

    1936 年仲夏，老人家由北京到南京，在弟子吴石将军府上停留月余，其间留下不少诗篇，我们曾一一解读过。这首诗在创作时间上，延续着我们前面解读过的江南诗篇，是老人家由南京回到家乡福建后所作，据判大约作于当年重阳节前后，是他在诸多咏诵江南的诗后写的第一首山水诗，所以也可以判定这是老人家返闽后的第一次出游。

    古人好登高，登高即赋愁。比如辛弃疾的："爱上层楼，爱上层楼，为赋新词强说愁"；陈子昂的："前不见古人，后不见来者，念天地之悠悠，独怆然而涕下"；还有杜甫的："万里悲秋常作客，百年多病独登台"等等。无论表达如何，那在天地之间，旷野之上，一览无余之中激起的渺小无依的孤独感，是古时文人笔下一个普遍的主题。悲古思今，抒发壮志，抒郁思乡，古人的多愁善感，在登高时也一览无遗。

此诗也一样，这一首是七十岁老人的登高感怀！只是这个登高和其他的登高不同，这首诗是在一曙初访、天色微明之时的登高，故登高怅望，更有一番感慨！

题中的怡山位于福州，又名"凤山"。山上有西禅寺，是福建五大禅林之一。这首诗便写于西禅寺的方丈楼之上。

"方丈楼上晓望"，说明老人是夜宿在西禅寺的，也许正是宿在方丈楼上，故能够在天刚破晓时，登楼远眺，得望"一曙先平野"。

这里的"一曙"是第一缕曙光的意思。注意，曙光可不是霞光，霞光是太阳初升时的光，而曙，从日从署，它的本意是天刚亮时。所以曙，是天刚刚发白的状态。那么一缕曙光照在平野上，余光透进窗棂中，说明什么？对，说明此时此刻老人家所在的地方正是"阴阳割昏晓"的时刻。这个时刻必是万籁俱静，鸟宿月明，所以他第二句写"钟摇云不动，鸟宿月长醒"。

从"一曙先平野"到"松边殿瓦青"三联，皆是"晓望"所见之景。但首联的下句"回光入薄棂"则写的是诗人所处的氛围。这种氛围为尾句作了气氛上的准备，让结尾中淡淡的伤感有了烘托和引导，这个烘托和引导就是"回光入薄棂"中流露的昏暗不明感，这就是尾联中说的"残夜"。

如果说，前三联都是诗人"晓望"所见的景，那么，"回

水邨閒話

何振岱作

"光入薄榥"就是在这些景里穿梭游动的风，它把那种氛围吹到了每一个晨景当中，让诗里所有的句子都笼罩在它透出的那个氛围里。无论是"一曙先平野"，还是"鸟宿月长醒"，再到"水际村灯白，松边殿瓦青"。所有的这一切，都应和着这种氛围——鸟未醒，月未落，水尽头晨灯初起，松树边可见殿瓦青青。这一切都在那天将明未明，夜将去未去之中。而站在这昏昏残夜中观景的老人，自是心也昏昏然，因昏晨而伤情。却又因万籁之中无可倾诉，故只能是"默默问山灵"。

"默默问山灵"，欲语而未语，心中有多少的话要问，有多少的意要表，不必说了，"默默"二字包含了。

所以，这方丈楼上的晓望，望见的是什么？不是那薄曙中的景物，都是诗人残夜中的感意！

物是人已非，真情伴诗存

凤凰池边一石可坐，旧偕碧琴游塔江寺途中每
憩此，重过黯然有作

旧日洪塘路，离肠江水回。

眼枯松底石，曾坐碧琴来。

失侣友世人，遭伤比饮镞。

四海一碧琴，爱我如骨肉。

汝亦有谁与，秋坟自苦吟。

孤魂违我梦，在日日相寻。

此石故依然，碧琴汝何处。

深交不到头，人间罕全趣。

这是一首悼亡诗。哀悼的是他的世交挚友龚碧琴。

说是世交挚友，其实是据诗中得来的猜测，对于龚碧琴
其人，我始终没能查找到他真实的身世来历。翻看《何振岱
集》中，题点"碧琴"的有两篇。还有多篇寄赠、哀悼、怀
念的诗作，其情，其意，其式，其深情悲切、伤怀透骨与这

些写龚碧琴的诗词一脉相承，题写为龚华鬘。这个龚华鬘可查是同光体闽派的重要人物，与何振岱年龄相仿，相交颇深，是何的挚友陈衍的入门弟子。那么这个龚华鬘与此诗中的龚碧琴是否为同一人？抑或有什么联系呢？目前还不得而知。

年去久远，似是而非。许多地点人物只能做一些趋近合理的解释和猜测。这里面除诗中人物龚碧琴以外，还有"凤凰池"和"塔江寺"两地名也有待进一步考证。关于"凤凰池"，从现有搜寻到的线索来看，应该是在福州西洪路一带，那里原有一片池塘，名曰"凤凰池"，这应该就是老人诗中所说的"凤凰池"，可惜现在已经不见了。至于"塔江寺"，我据此诗首句中"旧日洪塘路"以及福州洪塘大桥附近的江中塔寺"金山寺"的历代毁荣当中，名称更迭不常的历史来看，应该就是"金山寺"无疑了。

悼亡诗以诗相哭，多为诗人的即兴抒情之作，触景生情，悲上心头。诗题《凤凰池边一石可坐，旧偕碧琴游塔江寺途中每憩此，重过黯然有作》，这首诗的悲情便是由此"一石"而起。"凤凰池边一石可坐"这一句中，时间轴上的幻影提起了这种悲情，让他悲从中来，一发而不可收！实际上，让我最先关注到这首诗的，也并不是诗本身，而是题中的这一句。在这一句中，过去和现在是双重叠相的，坐在石上的我，想念着曾坐在这石上的你，秋风萧瑟中，一石一人一池塘，那孤独感便流出来了。

题中"旧偕"一词为动名两用，既是动词"旧时相偕"，也为"故友"之意。再一个"每"字，知道两人的交往不凡。

诗写古体，韵兼平仄。每四句为一节，起承转合稳定整齐，现实与幻境在其中穿梭跳跃。我们看：

> 旧日洪塘路，离肠江水回。
> 眼枯松底石，曾坐碧琴来。

此四句为起，写走在旧日常走的洪塘路上，看到松下的这块石，不禁泪下，思念如江水回荡，因为想起了碧琴——"曾坐碧琴来"。

"回"，写悲伤如江水般回环不止。"眼枯"，即眼泪流干之意。看到这块石，强烈的情感迸出，泪流不止，皆因为这石上曾有碧琴来坐过。此起起的情感激荡啊，"眼枯"即为这

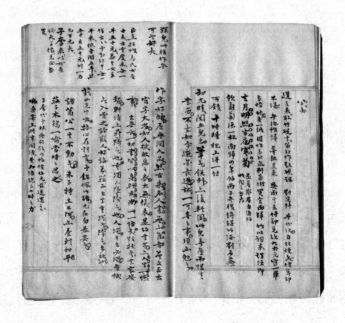

激荡的标志。但这种激荡却不是那种捶胸顿足的悲哀，其表象是表面态度上的平静，你看"曾坐碧琴来"，多么静的一句啊。唯有静才得思，唯有思才念起。这一句是对上句"眼枯松底石"一句的收束。在"眼枯"的激越之情绪后，用一声无奈的轻叹收之，而这种叹息就是为了应和那"一石一人"的孤独感。这是一种氛围的脉络运用，用氛围将诗意包融在一起。这氛围是什么？是孤单清凄。这种孤单清凄增加了怀吊的悲伤，而怀吊又加重了孤清之意，两相融合，浓情凝重，打动人的，正是这种感觉。这是氛围的统一性。而这种统一性势必会成为贯穿整诗的脉络，这一点往下读我们就会看到。反过来，若是他在"眼枯"之下没有收束，继用激越之句捶胸顿足的话，那便破了这种氛围了。

> 失侣友世人，遭伤比饮镞。
> 四海一碧琴，爱我如骨肉。

为什么我会如此悲伤？此四句做了解释。普天之下，四海之间，碧琴爱我像亲人一样啊！如今他离去了，遭此伤感怎不让我如万箭穿心一般。

"镞"：从金，族声，箭头的意思。"饮镞"，意为很多镞入内。我心所伤如饮镞一般。话说何振岱善"造词"，此"饮镞"便是其所造。他将词的形和意组合在一起，形成他自己的专有词汇。此种造词在何振岱的诗词中几乎是随处可见，例如此诗题中的"旧偕"也是一例。造词有新意，但也容易引起多解，需要潜心体会诗意方能得到正解。

> 汝亦有谁与，秋坟自苦吟。
> 孤魂违我梦，在日日相寻。

起承当中从石说到碧琴，介绍了碧琴其人，是个"爱我如骨肉"的人。到了这里，进入到了转。碧琴故去了，留下"我"在此深深地思念：你在那边有谁能陪着你呀，只能在秋风萧萧中吹着孤坟。孤魂也不入我梦，让我苦苦找寻。这里"孤魂违我梦"的"违"是违旷、违拗、疏远的意思，即汝不入吾梦。

诗词中的转是一种变化，一种质的改变。从实到虚，从景到情，从外在到内心，从现实到虚无。这四句便是从现世到隔世的转变。前面起承中虽然也写失侣，也写离肠，但是笔下的碧琴则还是世间的形象，比如"曾坐碧琴来"，"四海一碧琴"，"爱我如骨肉"。

到了这里则写的是隔世里的孤魂了，"吾"与"汝"阴阳相隔，想入梦都不见。这是转的不同。而这其中贯穿的脉络，就是前面说的那一石一人中流露的孤清伤怀氛围。

> 此石故依然，碧琴汝何处。
> 深交不到头，人间罕全趣。

此最后四句明显回扣到了起句中的"石"上。此石依然在，碧琴无处寻。这种回扣之法的好处是，在谋篇上能让诗有一个完整性，也就是前面的铺陈在这里收了口。这一收就拢住了全诗，使之整齐不松散。而回扣的同时又引出"深交不到头，人间罕全趣"来让自己的情绪达到顶点，让诗在读者沉重的敲击感中戛然而止。

这首诗中写物是而人非，而我们今天读来，却又多了一种世事沧桑的感慨。就好比那凤凰池、那池边的石，老人家笔下的景物早已是烟迹不见，连寻名都是猜测。唯不变的是那诗中的情，那种至深的友情留在诗里不会被风云吹散。

此篇写完，时间刚好进入感恩节，在感恩节里剖解一段友情，突然感到，不也是一种怀着感恩的恩情嘛！

元旦里的故事

元旦偶书

江上生涯托一船，船娘足食少荒年。

大家安枕过元旦，昨夜酕醄重晚眠。

处处忧贫度日艰，船娘宴岁盛杯盘。

近年总让渔家乐，不向高门乞一餐。

这是《何振岱集》中唯一的一首诗题为"元旦"的诗。写于 1948 年元旦，彼时老人家八十一岁高龄，其妻郑岚屏已逝去三载。

看老人晚年的诗，尤其是他高龄时期的诗，与其前期的造词洗句、渊深僻涩的特点有很大不同。此时他的笔下虽仍是萦愁弥漫，但也只是说些闲愁，更多的是闲庭漫步般的淡定。可以看出晚年时的老人家，经过了大半个世纪的世事风浪，已是红尘看透，万事释然。诗句里便有了一种泰然自在之气。

这首诗初读时似有打油之感，应了题中的"偶书"二字，像是盛宴之上举杯时的应景偶拾之句，并不是一篇洗炼之作。可是仔细看去，却让我看到了一种时间上的反刍。所谓的"元旦偶书"书的是意中的况味回观，也就是老人家用今天的心情写了昨天的故事。

第一绝四句中的故事有三重。一是船娘的故事，二是欢宴的故事，三是欢聚后的故事。其实三重背后还有一重，那就是在豪饮欢宴之后"我"意犹未尽的这篇偶书。

"江上生涯托一船，船娘足食少荒年"。这两句讲的是"船娘"的故事，写了船娘以一船"托生涯"，倒也无荒年之忧。从第三句起，写"大家"一起欢度新年。不过这时间已经是过去时了，此时此刻，欢宴已罢，时已达旦，众人就此安眠。这里的"大家"可以是贤友家人，或可以"酕醄"欢聚的任何人。"酕醄"：读 máo táo，大醉貌。"重"：可读 chóng。复、又之意。"重晚眠"，即又一次晚眠，可以理解为欢宴不单单只有这一晚。

这第一绝在短短的四句中，经过了叙事、场景和时间的跳跃。初读时颇感意外，不过这也倒是"偶书"之偶的简单直接所在，重在说出故事，意不在其他。

第一绝叙事，第二绝言志。"处处忧贫度日艰"写的是老人家忧天下人之贫的忧世情怀，只是他的"忧"是"忧"他人度日艰难而不是"忧"自己。这个"他人"即诗中的"船娘"。正是因了这些"忧"，所以来船上"宴岁"。为的是照顾船娘的生意，让船娘"宴岁盛杯盘"。而"船娘宴岁盛杯盘"一句看似写的"船娘"，实则写的是自己，写为解其"忧"所做的事，为的是诠释他的"志"，那就是："让渔家乐"，"不乞高门餐"。

"近年总让渔家乐，不向高门乞一餐"是二绝的落脚点，也是中心点，所有前面叙述的故事和过程都是这两句的心志体现。这心志，是他的文人风骨，同时也流露着强烈的避世情怀。何振岱作为清末大儒，有帝师之称。身边求师者众，求文者众，求字者众，求画者众，附庸风雅者也众。"谈笑有鸿儒，往来无白丁"。在种种人等的环绕中想要独立于世其实很难。所以，看似毫无雕琢的两绝，实际上是他避开尘世的喧嚣，静心，守己，济世，为人的体现。如果说"不向高门乞一餐"是为避世，那么他的"让渔家乐"表明了他的避世不仅仅是避开而已，所谓的避世是为济世。所以，这首诗既为出世又为入世。出，高洁孤傲。入，济世为人。这就是看似偶拾的两首简单平易的小绝中流露出的志。

我们读何振岱的诗词，重点不仅仅是解读和欣赏诗词本身，也在寻找着他的生命信息。在文字中寻找着他的个性为人，他的人生故事，他的红尘轨迹，他的喜怒哀愁。由此还原出一个活色生香的人来。从艺术层面来说，这两首绝句并不是上品，相反，在诗的结构和表达上都存在着明显的缺陷。但是，这些缺陷在我们寻找的信息面前并不重要。两首小绝让我们看到了老人家的诗品、人品、心性。这，才是重点。

记得我的老师曾问过我一句话："你在他的字里行间，看到了什么？"我说："我看到了老人家对诗词的锲而不舍。"是的，诗，是他的命。我们读过多篇老人家晚年时的诗，他对诗词的追求一直持续到他生命的最后。在他的晚年，字句虽不再追求高深精美，但他笔下的格律却永远是一丝不苟。他诗中的主题总是在悲天悯人。比如那篇《以酒劳卖花叟》；那篇凤凰池边的古风怀人；还有这篇看似简拙，却充满了苦人间之苦的慈悲和善良。这慈悲和善良在诗人身上，有个名字，叫风骨。

　　过去时代的人，过的是旧年。老人能在过去的时代里给我们留下元旦里的故事，对后人来说不能不说是一件幸事。更有幸的就是，我们看到的这种风骨。新年伊始，爱诗为人。让我们将这风骨接过来，传下去吧！

诗是应该这样学的

何振岱为诗，严肃，工整，一丝不苟，这态度贯穿了他的一生。看他不同时期的诗词，虽然感觉上有所不同，但是在表达方法上，文字的洗炼、结构的稳重、格律的严谨是一致的。比如他晚年时的诗，虽然态度轻松自在，但在格律章法上，从没有放任自己，始终有一种郑重其事之感。老先生为诗一生，对诗多有他自己的见解，我们今天就从这篇《"不学博依不能安诗"论》，来看看他对诗的理解和认识。

"不学博依不能安诗"论

尽夫言之而成文，歌之而成声者，必非强不素习而使然也。强不素习而使然，吾知支绌之状必有受之辞命者矣。何者？诗之为体，六义兼备。三百篇所传，比兴居多。其径言之而不达者，则为委曲以达之，委曲之至，而众理赅矣。又有委曲之不能明者，则多方设喻以明之，设喻之广，而一理又贯矣，此必其善状人情、巧穷物理者也。今第以风诗言之：或言天文，或数舆地，或镂括禽鱼草木，皆曲尽情状,虽云妇人所咏,里俗之谣,然非素习之精,措词必不如是周美。而雅颂之出于文人学士者无论已。《学记》所言:"不学博依不能安诗。"安者,言其素习然也。学者广求譬喻而使安者也。不学,则空言无征,尽言寡意;其能安六义之旨而成文成声乎?后之学诗者动以议论参之,既非博依之旨而又嫌于径直无余。呜呼!涩体兴,古音废,乐府旷,正始乖,竟陵、公安之派满天下,况三百篇乎哉?

这篇文章的大体意思是:写诗唱吟,都是要经过很好学习的,否则,辞令便会支左屈右,穷于应对。为什么?因为诗之所以为诗,是要六义兼备的。在诗三百中,比兴居多。《诗经》里的诗,用直白不能达到六义兼备的,就会加婉转来达到。婉转做到位,各种理法也就具备了。如果婉转有欠缺时,会设喻来使其出彩。设喻在诗里的广泛运用,统领于一个基本概念,那就是必须对人情世故和景物事理做到精巧到位的描绘和形容。比如按照国风来说:言天文,写地理,雕琢描绘草木虫鱼,都是婉转而详尽的言情状物。虽说国风都是民俚俗谣,出自百姓之口,但如果没有平素所习之精,其措辞必达不到如此精美。而雅颂诗出自文人学士之手,就更不用说了。《学记》里说:"不学博依,不能安诗。""安",说的就是要多多习诗,只有这样才能达到"安"。学譬喻使诗安。不学,写出的诗必会言空而意寡。那如何能按照六义的要求写得文美律动呢？后世有许多学诗者常以议文论证方式入诗，既没有"博依"之旨诣又直白无余。唉！于今日涩体兴，古音废，竟陵、公安之派满天下，乐府旷，正始乖，何况三百篇呢？

短短三百余字的小文，包含的信息量很大，表面上看似诗三百的比兴之论，实际上是诗的劝学之篇，背后是诗学流失的哀叹与伤感。

何振岱诗稿

"不学博依不能安诗"是《礼记·学记》里的一句话："不学操缦，不能安弦；不学博依，不能安诗。不学杂服，不能安礼。"意思是，不学习调弄琴弦，就弹不好琴；不学会各种比喻，就写不好诗。不学识别各类官服，就无法懂得礼数礼节。

我们都知道，《学记》是关于教育的一篇古老论文，阐述内容是"教"和"学"。关于诗教，古人有很多论述，比如孔子的"不学诗，无以言"。而该篇单引"不学博依不能安诗"这一句，为的就是取意于《学记》的教和学。从学，到学什么，再到不学之涩的慨叹。从诗的源头说起，也是对诗之过去的怀念和未来的忧虑。这是老人家写此文背后的目的。

何为"博依"？就是"广泛的比喻"。这一句概括着《学记》中对诗之美学的理解，强调了譬喻对于诗的重要性。何振岱由此出发，以诗三百为据来论诗之学。

"尽夫言之而成文，歌之而成声者，必非强不素习而使然也"。我们说你要想把诗句写好，唱出来也动听，不刻苦学习是做不到的。否则"吾知支绌之状必有受之辞命者矣"，不学习必然会拙言寡意，穷于辞令。

那为什么不学就写不好诗呢？这是因为诗是要"六义兼备"的。这里所说的"六义"，是古人对《诗经》的分类和方法的六种总结，后延伸到对中国诗歌的总体概述，即风，雅，颂和赋，比，兴。通常来说，风雅颂是诗的分类，赋比兴是诗的表现方法。但这六种内容和方法并不孤立存在，他们相互成就，相互作用，相互交融，所以称为"六义"。所谓的"用彼三事，成此三事"也。"六义兼备"说的也是"六义"之义。诗三百里，六义兼备，比兴居多，这就引出了比兴的重要性，也就是为何要学"博依"。

什么是比兴？比兴，就是比喻和兴起。"比"，是用彼物比此物。比如"战战兢兢，如临深渊，如履薄冰"，"凤凰于飞，翙翙其羽"等，都是典型的比喻。"兴"，是先言他物以引出所咏之物。无论是"比"还是"兴"，前"物"常为实物，而后所比兴的物则为"无形物"。以"兴"来说，最简单的理解是，"兴"是以景物为兴起之物引出所想要表达的情感。最典型的例子就是诗经首篇"关关雎鸠，在河之洲，窈窕淑女，君子好逑"了。

比和兴是中国诗学最重要也是最独特的表现方法，其妙处在于以委婉的韵致渲染气氛，这是诗之美的来源。如此文中所说，诗三百中，如"径言"——直白——不能达美，就会设喻来状物写情。设喻能让诗含蓄和委婉，这是诗之"有味"的"味"之所在。诗之所以为诗，正是这个"味道"不同。喻让诗有了迂回、舒展、腾挪的空间，有了气氛的渲染，有联翩无尽的想象，也便随之有了意境的产生和出现。言近旨远，含蕴无尽，那么富有感染力的美感也随之而出了。这就是为什么比兴在中国诗歌语言艺术上占有重要的地位，也是中国古典诗歌语言艺术的关键所在。在此文中其表述为"其径言之而不达者，则为委曲以达之，委曲之至，而众理赅矣。又有委曲之不能明者，则多方设喻以明之，设喻之广，而一理又贯矣，此必其善状人情、巧穷物理者也"。

诗是应该这样学的。"六义"是诗学要义。不"素习"则诗必"涩"。"不学博依不能安诗"。实际上，种种阐述的背后，老人并不是在教你怎样习诗，而是在阐述这个道理：诗，是应该这样学的。

老人家的这段小文让我对他的认识加深了一步，对他的诗，也对他的人都有了和以往不同的理解。以往在对他诗词的解读当中，我对他诗词的感觉是"径言"多于"设喻"，我认为他渊博的学识和深厚的文字功力在诗词中的运用多过于诗词本身的美学要求，所以我看他的诗，多有学者之诗而少于诗者之诗。现在我发现，我应该重新回过头来审视他的诗词，仔细寻找一下诗中的"委曲"和"设喻"，重新品味之。他所说的"或言天文，或数舆地，或镂括禽鱼草木，皆曲尽情状"中，尽显着他对诗的感受，这种感受是非有感悟而不能得的。一篇短短的小文，让我看到了老人家身上那种诗性所在。"涩体兴，古音废，乐府旷，正始乖，竟陵、公安之派满天下，况三百篇乎哉？"这痛心疾首的哀叹也证明了他的这种诗性，是真诗人方为之。

写这篇文时，新诗早已经兴起，这就是老人家说的"涩体"。涩体兴，古音废。这里他感叹的不仅仅是诗三百的诗篇，更是其文中所表达的诗三百中诗之美学的遗失。

我们今天为诗的哀叹，其实在近百年前老人家早已经在哀叹了。只是悲则悲矣，这种悲叹换不回诗的回归。时代发展到今天，诗早已经不仅仅能以"涩"来称之了，在涩的同时，各种气味，各种感官，各种睡体都已经层出不穷，横行天下，并引发了巨大的狂欢。老人家若活在今天，不知道又会作如何感叹！

淘书的故事

1936 年，七十岁的何振岱自北京至南京，在其高足吴石将军府上停留数月，期间高朋满座，游山玩水，度过了一段难忘又快乐的时光，也为后世留下了数篇诗词文章。这一组诗是他离开北京前的作品，在时间上有一个前后的承接，也让老人家的这个时期有了一个完整的人生叙述。这些让我有了兴趣，想看看在离开北京前，老人家做了什么？

旧都自夏历正月三日至十五，琉璃厂书肆及各处鬻书者悉陈所有于两衢旁，予购得数十种，皆所欲得者，喜作

驱车适厂肆，古籍纷前陈。

书多人亦多，踏飞路上尘。

我意有所属，见书宁见人。

在远已入瞬，就近方审真。

果然有蕙兰，潜芳在芜榛。

手之不忍释，甚于搜奇珍。

索直殊不高，几疑售者仁。

我取世所弃，贱得非无因。

一得复有求，古着或近制。
专志在翼经，旁征必依类。
我爱《忘筌》篇，美出群书外。①
紫阳此先声，金陵为折气。
一篇光吾闻，谁云不尽粹。
渊渊蒿庵叟，闲话亦有味。
二书偶人手，寻常岂新异？
于我良欣然，今日小如意。

所求不尽得，犹可十五六。
意表有奇逢，眼前亦餍欲。
三朝百十种，蜗居塞半屋。
喜气溢颜容，古抱藏心曲。
明知老拥书，未必卷卷读。
划贪笑无功，自悦分已足。

　　这是一篇叙事诗，诗题很长《旧都自夏历正月三日至
十五，琉璃厂书肆及各处鬻书者悉陈所有于两衢旁，予购得
数十种，皆所欲得者，喜作》，一共四十四个字。这种长长
的诗题在古诗词里并不少见，比如李商隐那首著名的"十岁

---

① 宋潘植著。

170

裁诗走马成，冷灰残烛动离情。桐花万里丹山路，雏凤清于老凤声"。题目是《韩冬郎即席为诗相送，一座尽惊。他日余方追吟，连宵侍坐，裴回久之，句有老成之风。因成二绝，寄酬。兼呈畏之员外·其一》，一共四十七个字。这种

何振岱及弟子雅集

长诗题，多是将题与序合二为一，目的是为了阐述诗的故事背景，为诗中内容加以补充和说明。通常题目中除了阐述背景以外，也会标明情感，比如此标题中的"喜作"。

在何振岱的作品集中，收录在这个题目下的，一共有五组诗，除以上三组外，还有另外两组，是这样的：

老来始治易，易类思广收。

觥觥双桂堂，累日费穷搜。

沈十忽寄贻，乃购诸吾州。

慎斋有嗣音，古罗人李辀。

斯人真我师，其书苦难求。

171

征觅剩残本，零星如集裘。

《易问》鳞爪耳，《说契》真奥幽。

领公近取意，反身斯普修。

江阴钱子言，不学无良十。

一语重邱山，可使人知耻。

虽然学有本，逐末风益靡。

吾生略耽书，泛览成大悔。

衰年解守约，微得岂足喜？

老学用蒙功，圣处毋妄拟。

求师于旧书，其情即求己。

举世竞新机，我但钻故纸。

  这两组诗与前三组相比较，其情味，其叙述，其内容，与之皆不同。且前三组中到了"划贪笑无功，自悦分已足"这里，情感和喜悦已经写完。到了第四组和第五组，那种冷静和理智并毫无场景情节地对其所收藏的书籍的描述和介绍是完全不同的表达和感觉。虽然内容都与书有关，但明显这两组诗与前三组并不属同一题目下的作品。我猜测，这几组诗，或是因内容相关而未另起题，或是另有其题但在辗转编印中漏失了题目。无论如何吧，今天把这两组诗放在这里，做个记录，重点说前三组。

  何振岱诗词长于抒情。一花一木，楼台亭榭，登高望远，万里悲秋，都是他笔下的常态。眼耳所见所闻即引发感慨，比如我们前面读过的由凤凰池边一石引发的对故友的怀念；或者夜半筋声中听到的悲凉哀愁；看到卖花人时涌出的怜悯等。他的诗中抒情多于叙事。类似这首无巨细地叙述故事的诗并不多见。而也正是在这样的诗中，让我们看到了他的人生故事，在哪一年，哪一天，哪一个节庆里，他都遇见了什么？

这几组诗讲述了这么一个故事：

在大年初三到十五期间，北京的琉璃厂各书店以及诸书商都会来到琉璃厂，"陈所有于两衢"，在街道两旁摆摊售书。这一天，老人来到这里，爱书之人看到陈列路旁的古籍现制，"手不忍释"，得所欲得，欣欣然喜不自胜。

从何振岱的写作习惯来看，按照内容决定诗的体式，是其诗词的一个特点。这反映着老人家的诗学功底。就如格律高手比如"诗圣"杜甫，他能根据诗的内容来决定自己格律的运用。何振岱也是如此，他素来是根据自己的所写内容来设定诗的体式。比如写文人墨客，他会用严谨的格律；写隐士，他会用隐人的古体；而这首写街头巷陌的诗，当然就是用"街陌谣讴"了。

所以，在这组诗中有着典型的乐府曲的清商之风。口语化，朴素，自然，清新，但遣词造句却另有一番高度。比如第一段中的"见书宁见人"的"宁"还有"在远已入瞬"的"入瞬"。还有第二段中的"于我良欣然"中的"良"以及第三段中最后一句"自悦分已足"中的"分"。这些字，看似常见，却又并不常见。看你所用在哪里。他在诗中的运用中，用得大胆，非有底气不能如此。比如那个"宁"字，"宁"的本义是安宁、平安。在这里他引申为"舒心"，即：见书比见人更感舒心。还有那个"入瞬"二字，即是"瞬间就入了眼"的意思，用我们平常的话，"在远已入瞬"这句话的意思就是"我远远地一眼就看见了"。这"入瞬"一词便是人们评价何振岱时常说的"造词"。

这几组诗的另一个特点是题目"喜作"中的"喜"。为什么喜？一介书生当然是为书喜。记录一段愉快的经历，喜悦流动在字句之间。这种流动不必明说，飞扬的神采自在其中，从一开始看到"古籍纷前陈"，"见书宁见人"，"在远已入瞬"，再到"果然有蕙兰，潜芳在芜榛。手之不忍释，甚于搜奇珍"，那种喜不自胜又迫不及待的神情流露无疑。虽然人多杂沓，路上飞尘，但"意有所属"，自可芜榛寻芳，杂草揽珍。待寻得"蕙兰""奇珍"却居然"索直殊不高，几疑售者仁"，价格低到难以置信，则更是让他喜不自胜。再到突见心头好，必是得意之情毕现了——"于我良欣然，今日小如意"。

此时的老人家，年事已高，买来的书并不一定都读，"明知老拥书，未必卷卷读"。但就是看着高兴，为了这份高兴，喜洋洋地抱着淘来的十五六本古今书籍，"喜气溢颜容"，"自悦分已足"。这就是爱之为所爱，喜悦挡不住。

这组诗诗意简单明了，矢口成言，乐府清商绝无文饰，浑朴真挚，述说着一段佳节佳话。表面上它并无甚奇特之处，不必做过多的解释。只要能感受到其情志，其喜悦，其心情，并保留这个故事，发现一段人生就够了。从这个目标出发，它倒真是一组奇特的诗，原因在于这组诗里的故事并没有结束，在若干年后仍在延续。

也许是这次淘书的经历让老人家念念不忘，也许是留有遗憾尚未平息。若干年后，在一次出行途中，老人家与同行的儿子聊起当年在琉璃厂没有淘到的书，被素昧平生的同车人听到，居然得以相赠，故事连接在一起，一个更完美的结局。老人也以诗记之，就是下面这首：

客旧京时广肆觅书未得，车中与深儿商及。旁有人谓予曰："此书我有之，可奉借也。"叩姓名，曰徐森玉。翌晨果以书来

广肆求书不厌频。借观安敢望途人。
世间谁似徐森玉？怀慨相逢乐自陈。

这首诗是说，偶尔在车中与儿子聊起当年在北京没有买到的书，不料身旁有人接话说："这书我有，可以借给你。"老人问他的姓名，答曰："徐森玉。"第二天徐森玉果然将书送来了。老人既感怀他的慷慨也幸得所好，题诗以念。到此时，淘书之喜圆满！

老师眼中的学生是怎样的

对于何振岱和吴石之间的师生情谊，我们在他留下的诸多诗文中一一解读过。今天这篇，是老人家写给吴石将军的一封回信，年份不详，但从"愚老病，无足言矣"一语可知为其晚年之作。联系到吴石将军赴台前曾前往三坊七巷看望恩师与之作别，信函中又有"来书似以无暇治旧学为恼"句，句中"恼"字令人遐想。此恼未必就只是单纯的向学之恼，想必还掺杂有局势之恼。故此，有很大的可能此为吴石将军临近赴台前师生二人间的尺素传书。

答吴生

来书似以无暇治旧学为恼，此志极难得。且夫学与不学关系甚大矣。郤縠学而佐晋，原鲁以不学衰周。圯上有学而兴，垓下以无学而败。故治军本儒者事。远者不论，明之俞、戚，清之曾、胡，其明征耳。惟此事，正自不择地与时，一得外襮，今之所谓名士是也。闇然自守，不求人知，古之所谓潜修是也。吾与君第求务其实可也。专经之学，留

俟他时，不为晚也。愚老病，无足言矣。眼中之人
如子者少，勉之、勉之！

所以说人过留影，文字中也自是躲不过时代的留痕。这
里流露的信息是：吴石在向恩师倾诉自己无暇为"旧学"的
烦恼，老人家回信开导之。由此"恼"，我们大概可以作一
些合理的联想。以吴石的身份和所处的时代，身份和局势之
"恼"想必是大过学问之"恼"的，只是不能直言矣。由此
我们还可以进一步联想到吴石的故事，在他所处的时代，他
所立足的位置，他睡觉都怕说梦话的谨慎和压力，以及两党
纷争所眼见的结局，他有"恼"却只以"治学"以概之并倾
诉，可见其对老师的依赖。而由"恼"而开导之，则见了老
人家的一片拳拳之心。这都证明了师生间的情谊之深厚。

老师由"无暇学之恼"聊到了学与不学的不同，以赞扬
学生的向学之心。由此也让这封短信成了一篇论学之作，也
就是说"学与不学"的不同。引经据典连用了四个典故来论
学与不学的不同结果：

"郤縠学而佐晋"，引用的是春秋时代晋国公族，也是晋
国第一任中军将郤縠的故事。话说郤縠素以好学而闻名。凡
有闲暇，手不释卷。《国语·卷十·晋语四》中有记：文公问
元帅于赵衰，对曰："郤縠可，行年五十矣，守学弥惇。夫先
王之法志，德义之府也。夫德义，生民之本也。能惇笃者，
不忘百姓也。请使郤縠。"这段话讲述的是晋文公问元帅赵
衰谁能担任中将军。赵衰说："郤縠可以，他虽然年已五十，

但仍坚持学习。他喜礼乐，重《诗经》《尚书》这些先王制定的法规经典，重视这些的人，是不会忘记百姓的。请起用郤縠。"唐代大诗人刘禹锡也有"自从郤縠为元帅，大将归来尽把书"句。这是带兵之人向学的经典范例。

与郤縠相对应的是"原鲁以不学衰周"。这里的"原鲁"是指原鲁国，"周"指周礼。引用的是鲁国因不尊周礼而致使礼崩乐坏的故事。而"圯上有学而兴，垓下以无学而败"则分别引用了张良和西楚霸王项羽的典故。张良学而圯上受《太公兵法》，项羽不学而垓下闻四面楚歌。这就是学与不学的不同。

表面上，是在说"学"，其实他话里话外都在夸自己的学生。以古时例事，说学子向学，必有大成。因为"治军本儒者事"。言下之意是，军中之治，难为愚勇莽夫所为。儒之本性，非你莫属，当图大展，前途无量啊！这里他引用的人物"明之俞"是指明代嘉靖年间与戚继光齐名的抗倭名将、武术名家俞大猷。"戚"即明朝的抗倭功臣、一代名将戚继光。"清之曾、胡"当是清朝著名的曾国藩和胡雪岩。只是胡并非带兵之人，这里也许只是拿来做一个向学的"明证"吧。

文中说："惟此事，正自不择地与时，一得外襮，今之所谓名士是也。"世上万事只有学习是不择地点与时间的，学成之后便是今天人们口中的名士。这里的"一得外襮"意为学成并运用。截至这里为止，老师都是在引典夸人，将学生比作史上古贤，可见此学生的分量之重。

接下来便是对学生之"恼"的宽慰了。针对学生说的"以无暇治旧学为恼"，老师说"阇然自守，不求人知，古之所谓潜修是也"。"吾与君第求务其实可也。专经之学，留俟他时，不为晚也"。这是说，学习的事是自己的事，潜修方能精进，还是先做眼下的事物，专研经学之事留到以后再学不为晚也。"吾与君第求务其实可也"中的"第求"是逐次作，一件件来的意思。"务其实"做眼下的事。

"愚老病，无足言矣。眼中之人如子者少"，我老了，不值一提了，而我眼中像你这样的人，不多见啊。这是老人整篇中的总结。信中所有对学与不学的诠释，为的是这句话。明明白白地说出了他心目中的学生是怎样的，那就是人中俊杰，而且这样的俊杰世上少有。这是老师的夸赞，也是他的骄傲！

愁随目远近，念伴心去留

木兰花慢·塔江寺怀龚碧琴

向层楼一望，但无际，夜迷蒙。正银汉斜倾，怒潮初落，天换秋容。愁浓。四更倦影，伴浮屠，孤耸对寒空。故把离愁唤起，带声飞过霜鸿。

微红。漏火深松，如有客，隐灯篷。只幽思无着，云随高下，水隔西东。栏干，可怜倚遍，恨吟魂、曾不肯来同。偏是怀人不见，半钩月吐前峰。

前面我们读了何振岱在去往塔江寺途中经过凤凰池时，坐在池边的一块石头上，想起与老友龚碧琴生前每每经过此石必憩于此。睹物思人，以诗相哭。看如今憩石依然，碧琴何处？顿感深交不在，人间无趣。

这阕词承接前首，从途中写到了寺内，可见何老的塔江寺之行只为龚碧琴而来。

我们说诗的虚实相间，有空间的交错，有时间的转换，有景物的相衬，有色彩的互映，而心意则流动在其中。所有的这一切组成了诗的层次美、色彩美、收放美等等美感。这些美感不是平面的，是立体的；不是单一的，是多物的；不是寡淡的，是浓郁的。如一杯绵软的茶，饮过之后，口有余香。如优美的音乐，一曲唱罢，音犹绕梁。诗之所以美，正在于此。正所谓诗之美学是也。

这阕词给我的第一感觉就是它的表达恰合了这种美学之所涵。它让时间和空间相互勾连，用字句搭成了一个通透的整体。极目望去，云海缭绕，江河尽显，而心意穿梭其中，构成了美景中的氤氲谐协之气。

"向层楼一望，但无际，夜迷蒙。正银汉斜倾，怒潮初落，天换秋容。"你看这开头几句，一伸缩收放：自"层楼"至"天际"；从"银汉"归"秋容"。二阴阳错落：从"迷蒙"到"银汉"。三静态相融："怒潮初落"中似触手可及的静和"无际""迷蒙"广渺迢遥的静组成了一对收放与虚实的相互对应。"无际""迷蒙""银汉""怒潮""秋容"随目光的移动变化着。这变化的来源就是"向层楼一望"的"望"字。"望"给了景色变换的理由，使它们随目光的推拉游离让阴阳收放虚实也自然地交织在一起，从而组成了多层次的美感。这也是开始几句给我的触动。

具体来说，"向层楼一望"望的是哪里？说是层楼不尽是层楼。因为越过"层楼"有"无际"和"夜迷蒙"在续。有"银汉斜倾"在上，有"怒潮初落"在下，有"天换秋容"在旁。这便是最简单意义上的空间和时间的层次感。放眼望去，看天无际，看夜迷蒙。银汉斜倾至远，相交怒潮初落，秋容正显。透过层楼一望，望见的天高地远，而高远之中是天上人间的交合相连。为什么要向"层楼一望"？因为"怀"，因"怀"而去天边至远处寻找心中所怀之人。这就让所有的景物描写中染上了一层感意的色彩。这就是前面说的在字句搭建起来的空间中心意穿梭。这些景色由近到远，由实到虚，眼神越过的空间，是心之所往。从这个意义上来说，此"望"非"望"处，而是心至处。

所以"迷蒙"便有了眼神的形态动感，所以"无际""迷蒙""怒潮""秋容"流露的就是怅然若失、寻人不见的伤感。这就是所谓的景语即情语。为什么笔下的景物能引发共情？就是因为情在物上。情若有伤物便寒萧。比如"迷蒙"中的情物二参，既是"夜"也是"眼神"的"迷蒙"，进而也是心之"迷蒙"。还有"怒潮初落"，"潮"是啥？在某种意义上来说，心潮是也。到了"天换秋容"则更将愁之意象点明。

这里的"秋容"是个引子，引出的是下面的"愁浓"。如果说前面的景物种种是惆怅百结之映像，那么这个"秋容"便坐实了他的愁绪。这是因为在古诗词中，秋的意象无他，写秋便是写愁。所以这"秋容"二字一出，下面的"愁浓"便是顺流而下，呼之必出的。

那"愁浓"之后呢？则愁必是更进一步了："四更倦影，伴浮屠，孤耸对寒空。"你看这里，镜头从天远处拉回到了层楼之下庙堂之上。前面的"无际""迷蒙""怒潮""秋容"都有了来处。而上阕后半段"四更倦影，伴浮屠，孤耸对寒空。故把离愁唤起，带声飞过霜鸿"与前半段相对比，又有了层次，收放、虚实的相互对应，让人物出现，让悲伤归到了实处。

过片"微红"对应的是"漏火深""隐灯篷"，视角的变化从"天际""银汉"收回到了江河两岸，承接的是无尽的离愁。似上下左右求索，天边云外，不知将愁安放在何处。故将目光收回，看看近处的松林，林中灯火微红，似难承重。"云随高下，水隔西东"则是心思的上下左右投放。可惜栏杆倚遍，也难唤君"来同"。这里的"曾"是虚写，同"竟"，也可表多次"不肯来同"，这又是一种炼字的细腻与层次，流露的是那种友人一去永无归期的悲哀。

到了"曾不肯来同"处，其实诗人的心意已经写完，所以"偏是怀人不见"则有了少许累赘感。好在"见"与前面上下西东的寻觅有衔，故也无伤大雅，加上煞尾"半钩月吐前峰"又将目光转向了天际，圆满地扣回了上片种种意象的同时为它做了一个感觉上的弥补，让这点瑕疵一掠而过，弥补了不足。

需要补充的几个知识点：

一是"银汉斜倾"。此处的"银汉"并不是一个随手拿来的意象，诗人笔下，皆有出处。在古诗词里，"银汉"一出，呼之而出的多是秋时，所谓的秋高气爽时，银汉漫天落。

二是"怒潮初落"。古有"好约长吟处，霜天看怒潮"句。在古诗词里，凡"怒潮"出现，多与"霜天""萧萧""寒月"有关。何意？因为"怒潮"亦为秋之意象。"怒潮初落"即七月流火，归于秋凉。

三是煞尾句中的"半钩月"。为什么要写半月不写圆月呢？因为第一有"银汉"，星象太满时，则月必残。第二有"迷蒙"，迷蒙处，月如何自不必多言。第三有"秋容""倦影""霜鸿"等，所有这些视觉上的、感意上的落脚点都不允许他将月写"满"，惟以残月出，方为诗理。

浓情字中行

惇畴大儿五十生辰，作诗二十四韵，祝其进德
长寿

阿畴具灵性，而不合时宜。

资生托一艺，诸老称良医。[1]

近年乃坎坷，伤逝复伤离。

在远莫汝恤，时时蒙我思。

汝今遂五十，双鬓应有丝。

我虽年笃老，能说汝儿时。

最蒙大母怜，觅闲亲抱持。

寸甘必汝分，一笑为汝怡。

靧面及梳髻，烦劳宁肯辞。

十龄熟左传，汝母为汝师。

弱冠能仿画，遂亦工为诗。

罕与人酬唱，不怨知者稀。

---

[1]　橘叟赠句云："善用经方惯活人。"征宇亦有"全家赖以康济"之语。

我已悔扁隘，汝乃更过之。

汝且多儿女，婚学咸愆期。

老怀恒抑郁，成就须何时。

汝尝与我言，修养在隐微。

万事贵自勖，不须感叹为。

汝德如有进，可喜良在兹。

人谋惟尽己，天意谁逆知。

至诚定感通，第一毋自欺。

语迂实近理，父子相诤规。

家园汝未目，瘦石扶花枝。

虽小聊适意，得安无多祈。

汝归定忆母，踪迹堪思维。

汝能营旨酒，我犹胜数杯。

　　通读何振岱的作品，有许多他写给儿孙们的诗词，写尽了他的舐犊之情。那诗里有思念，有回忆，有关心，有安慰，有骄傲，也有担忧。这些诗是阅读何振岱作品不可绕过的一部分，让我们看到了诗人爱家、爱孩子的拳拳深情。

　　这首诗为他的大儿子惇畴五十岁生日而作，时年诗人七十八岁。

　　何振岱长子名维刚，字惇畴，是当时京城著名中医师，长诗词。他的一生无须赘述，都在诗里。

　　诗体五言古风，有乐府之范，写法自由。从一定意义上说，这更像是一封家书。在儿子生日时候，寄托浓厚的父爱，表达对以往岁月的怀念、留恋以及美好的希冀。题曰"二十四韵"意为二十四个韵句。不过整首诗应为二十五韵才对，有可能是末句作为单独一个灰韵未被算入韵句。二十五韵，单句五十句之多，写此长诗，是因为要说的话很多，要叙的事很远，要表的情很浓。凡此种种，此类古体形式更容易涵盖。因为古体诗善叙事，善表情，形式自由，朴素，亲近，自然，从容，有娓娓道来之感，更适合父子间的亲情互动。这也是善诗词格律的老人之所以选择此体裁的理由。

此诗通篇写情，亲情在字里行间里流动，那么我们重点就来看他笔下的情：

诗从统领起，先写我儿是谁：

阿畴具灵性，而不合时宜。

资生托一艺，诸老称良医。

这里的"不合时宜"，是一种亲人之间的嗔怪。就好比说：我儿悟性很高啊，只是太实在了。表面上是嗔，其实是换个法儿夸儿子。儿子聪慧，少年多才，却不善变通或者说不够圆滑。这样的人，当然品行很好了。这是父亲对儿子的总结和评价，流露的是父亲对儿子疼爱，字里行间是满满的自豪感。

这四句后面以一行注解证明"诸老称良医"的说法，好像生怕别人不信似的：

"橘叟赠句云：'善用经方惯活人。'征宇亦有'全家赖以康济'之语。"

既要证明，所引用的人必不同凡响方可服众。这注解中两个人物在清末时期都鼎鼎大名。"橘叟"是末代皇帝溥仪的老师陈宝琛。陈宝琛，字伯潜，号橘隐，称橘叟，别号听水老人。当年何振岱留居北京时与陈宝琛交往颇深。而"征宇"则是陈宝琛的侄子陈懋鼎。陈懋鼎，号泽铉，字征宇，是清末和民国时期政治人物，翻译家，官至参议院议员。他的父亲是陈宝琛的二弟，同为清朝政治人物的陈宝瑨。陈家一门锦绣，尤其以陈懋鼎和父亲陈宝瑨、叔父陈宝璐"陈门三杰"中同榜进士而轰动一时。短短的一行注解中，能看出老人的心思所在：看吧，我言之不虚吧，我儿就是这么厉害。

写了我儿如何，再写"我"如何，那就是多有不顺，伤逝伤离，都在统领当中：

> 近年乃坎坷，伤逝复伤离。
> 在远莫汝恤，时时萦我思。

"在远莫汝恤，时时萦我思"，"思"什么呢？他开始从统领父子的各自的总结转向了两个的合叙：

> 汝今遂五十，双鬓应有丝。
> 我虽年笃老，能说汝儿时。

你现在也满五十岁了，应该有白头发了吧。我也老了，但却常想起你的小时候。这里"遂"是满的意思。"丝"是以银丝喻白发。几十年过去了，我依然是记忆犹新啊。从由"应有丝"到"说儿时"的时间距离的对比中有一个情感上的碰撞感，这中间的过程有多长，其中的父爱就有多深。

那儿时的你是怎样的呢？下面就开始具体写我儿从小到大的细节了。由此开始了父亲对儿子的"絮叨"。先是写"汝"如何被"大母"疼爱：

> 最蒙大母怜，觅闲亲抱持。
> 寸甘必汝分，一笑为汝怡。
> 靧面及梳髻，烦劳宁肯辞。

你小时候啊，你奶奶最疼你了。没事的时候总想抱着你。有好吃的先分给你吃。你一笑啊，她都高兴死了。给你洗脸，给你梳头，累了也不肯停下来呀。这不就是父子之间的当面唠叨吗？这里的"大母"是祖母的意思。"靧面"：洗脸。"宁肯"：岂肯。说了祖母，该说父母亲了，时间上也从儿时推移到了少年"十龄"和青年"弱冠"：

　　　　十龄熟左传，汝母为汝师。
　　　　弱冠能仿画，遂亦工为诗。
　　　　罕与人酬唱，不怨知者稀。
　　　　我已悔扁隘，汝乃更过之。

　　我儿少年多才啊，十岁就熟读《左传》了，是由母亲亲自教的。到了弱冠之年，诗画皆工，但少与人酬唱，不在乎别人知不知道，颇似乃父，且比我更固执。这里的"扁隘"通"偏隘"，狭隘，偏执的意思。这里是起句中"不合时宜"的进一步诠释，表面上说自己已悔之固执偏隘，不懂得巧言令色取媚于人，实际上表明了自己是个耿直实在的人。只为低头求学问，不为左右迎合博名声。我是这个秉性我已经很后悔了，没想到你比我有过之而无不及。真是父子相承啊。

　　　　汝且多儿女，婚学咸愆期。
　　　　老怀恒抑郁，成就须何时。

汝尝与我言，修养在隐微。

万事贵自勖，不须感叹为。

说着说着，儿子就已经长大儿女成群了，老人从儿子操心到了孙辈。你的孩子们个个因学业让婚姻都延期了啊。我为此颇感抑郁，什么时候才能成家立业啊？"老怀"：是老人的心怀，是老人家自述。"恒"：长久，常常。而你安慰我说，修养要一点点积累的，急不得。万事贵在靠自己努力，不必为他们担心。这里有老牛舐犊的慈爱，有父慈子孝的互动，骨肉至亲，寸草春晖。

汝德如有进，可喜良在兹。

人谋惟尽己，天意谁逆知。

至诚定感通，第一毋自欺。

语迂实近理，父子相诤规。

儿子都五十岁了，老人还是絮絮叨叨说个不停啊。这几句便是老父亲对儿子耳提面命的教导：我很高兴你的德行不断地在进步啊。你要记得哦，谋事在人，成事在天。至诚就能做到，最重要的是不要自欺。这里的"至诚定感通，第一毋自欺"引用的是《礼记》里的"所谓诚其意者，毋自欺也"。其实这后面还有半句是："如恶恶臭，如好好色，此之谓自谦。故君子必慎其独也。"这个典故的运用很明显，就是教育儿子，无论面对美丑，都要好好做好自己。然后他又怕自己说得太多，给自己找了个台阶下：语迂实近理，父子相诤规。我的话虽然有些过时，但都是实理，这是父子之间才有的规劝啊。

前面的回忆、担忧、规劝、祈愿，字里行间，父爱在流动，且完全是一种生活化的叙述，诗句简单易懂，最重要的感意在最后几句。这里，前面的述说凝结成了浓浓的思念，盼你回来，来看看家园，来寻寻母亲的踪迹，来爷俩坐下，我已年迈，但仍能喝上几杯。

家园汝未目，瘦石扶花枝。

虽小聊适意，得安无多祈。

汝归定忆母，踪迹堪思维。

汝能营旨酒，我犹胜数杯。

这里，诗人陶然在希冀的天伦之乐中。而陶然之中，我看到的是老人的孤独和寂寞。小园虽好，儿却难归，年迈老病，不知何时能与儿共饮。表面上写的是期盼，实际上是忧伤，为"笃老"，为"伤逝"，为"伤离"。开始时的那种"坎坷"之述回到这里萦绕，这是他在不经意间流露出来的人生密码，在"进德长寿"的祝愿中，是掩盖不住的无限离愁。而到此结尾处也让我们看到了一个父亲笔下的京城名医，从幼年到成年的成长过程。白驹过隙，岁月苍茫。一切都不一样了，唯有真情永存。

一首长诗，通体贯穿，顺流而下，既疏朗清爽，又浓情不化。没有结构间的穿梭游动，就是一层层地顺下来，一通唠叨，将寻常的家常往事描绘得生动形象，一步步把读者带入了那以往的时代。端的一个面对儿子的老父亲"正襟危坐"的姿态。

在艺术表达上，用韵不羁成规，变换随意洒脱，但却有一种谨慎的自由。比如支韵里间杂了微韵"稀""微""奇"和灰韵"杯"。之所以说间杂，是因为这几个韵的转换均无定规，只是间杂散落在支韵当中。不过微，支临韵，故读起来并无违和感，想必诗人下笔时是有所考虑的。这就是为什么说他的用韵是一种谨慎的自由。他并没有让诗因自由而放开去。这是何振岱晚年作品的特点。在这首诗里，他让不同的韵"散落"其中，但又用临韵以收束。写法上追古，古拙，不羁于律，但运用上又娴熟老到，不越一定之规。从这一点上，我们看到老人家终其一生在诗法上的讲究。

在何振岱写给长子的诸多诗词中，多与年迈、病痛、离愁、思念有关，可见长子在他心目中的位置，也可见其情感的依赖。比如：

寄长子惇畴

我衰汝乏相暌久，南朔离愁各晦明。

樽酒篇诗哀乐隔，不知相见是何生。

还有：

病愈示畴儿

小春苦受河鱼疾，伏枕兼旬弱不支。
得健应为神所佑，护瘳正藉汝知医。
往来风雪衣毋薄，语笑帘帏夜每迟。
方喜加餐仍止酒，花前烛底看麤诗。

再或：

偶书寄长子惇畴二首

十年万里去寻亲，茧足鹑衣耐苦辛。
晴雨随身惟一伞，前贤孝德可通神。

别汝翩然十五年，悬知霜发也盈颠。
此生相见应无分，我老南边汝北边。

　　无论诗中有多么苦悲，都不能不感叹，有一个会写诗、爱孩子的父亲是何等的有幸。那种诗词和爱的滋养，让人生温润、丰满、富足，让他随诗词而传世，更别说其中给予的厚望、祝福和赞美了。所有的这一切，可谓人生最大的美好！

为女五十岁生日作

　　在近代闽中诗坛上，何振岱旗下女弟子颇具才名，世称"福州八才女"。其中一个是他的掌上明珠，何曦。

　　何曦，又名敦良，字健怡，是何振岱唯一的女儿，在众兄妹中排行老二，随在惇畴之后。怡自幼随父母苦研经史，极具才名又性情刚烈，幼儿时受了欺负就敢手持竹竿打回去。所以何振岱夫妇对这个女儿极为爱怜，常盛赞有加。认为女儿的诗学才气超过了"十龄熟左传"的兄长。这些，都被诗人写进了诗里。就是下面这篇：

怡儿五十生辰

手持竿竹击厨娘，祖母携孙转曲廊。^①
绾绾双髻今五十，盈盈壶醁旧春光。
喜儿诗比兄才郁，祝尔年如我鬓霜。
女布男钱随分足，天然稳步有康庄。

---

①　儿幼时有媪戏侮之，怡持竿前击，吾母挈以行。

何振岱三个儿子和女儿何曦

这首诗写于1948年，写给女儿五十岁生日，这一年，老人家已是八十一岁高龄。

这是一首工稳完整的七律，不似写给儿子五十岁生日那样的娓娓道来，但也是文武盖论，成幼兼备。从极富动感的故事起，其中能看到老人家捻须把酒回忆女儿儿时的慈祥爱怜神态。

"手持竿竹击厨娘，祖母携孙转曲廊"当头以此典起。想必这个故事是诗人述及女儿时的经典叙说。这上下两句的动感描写是起句的主要特色，由动态的描述完成了一个完整的故事：手持竿竹—击厨娘。祖母携孙—转曲廊。那种揶揄，那种冲突，那种一言不合的反抗，那种被祖母拉架，提起小儿转身疾走的匆忙，在诗尾的注解辅助中纤毫毕现。这里的"转曲廊"，有"隐""避"的含义在，而隐之中那种慌忙神态又流露其中。结尾中"儿幼时有媪戏侮之，怡持竿前击，吾母挈以行"。"挈以行"表明了小女的年龄。什么是"挈"？挈者，提也。能被祖母提起来迅速走开的人能有多大呢？所以这个"挈"比起"携"字来必是更加灵活生动，丰富饱满的。但之所以用在注解中而没有用在句中代替"携"，想必是为避孤平之虞吧。

从起句中幼的表意，到"绾绾双髻"是顺理成章的承接。扎着两个小辫子敢和厨娘干仗的你呀，转眼就已经五十岁了。此时此刻，我坐在这里，喝一壶小酒，就想起那年春天里的事了。承句很自然地写到了"我"，但这个"我"是看不见的，"我"隐身在"盈盈壶醿"中。见酒不见我而酒中又有我，为什么？因为这是承的章法要求。律诗的承句是整首诗中的无名英雄，它的作用是不动声色地承接和递交，以凸显出起句的亮丽打眼和转句的乾坤枢纽。所以这里他只会给你一个"我"的感觉，但不会让"我"真正出现，这个感觉，就是颔联向下递出的那只手，将下联中的人物牵到舞台中央，亮相。

"喜儿诗比兄才郁，祝尔年如我鬓霜"。到了这一句，"我"就出现了，情也随之流露。前面两联中，隐在故事和杯酒背后的情感这个时候跳到前面，"喜""祝"毫不犹豫地入情。我很高兴，怡儿的诗文比你哥哥的更"郁"。"郁"在这里是文采美盛的意思。到这里，女儿的文武全才全部都有了，得女如此，我祝我儿长寿如乃父。

父亲写给儿女的诗最不能少的就是谆谆教导，如写给长子阿畴的五十岁诗里，他教导儿子"人谋惟尽己，天意谁逆知。至诚定感通，第一毋自欺"。给女儿的嘱咐则是"女布男钱随分足，天然稳步有康庄"。"女布"：是麻布的意思，这里引申为物。"男钱"：则是钱币的俗称。这两句是老父亲在教育并宽慰女儿，钱财身外之物，穷则兼达，多少就便，知足常乐。你文武双全，一双大脚，稳步往前走，定有康庄大道。

这里透露的信息是，女儿的经济条件是有限的，否则他不会说"随分足"。而"天然"二字，则有"天足"之意。我们都知道，何振岱是反对女子裹脚的，他的女儿必是自然天足。这"天然"二字便有了性情和形态两种含义，由此而出的"稳步"和"康庄"也就自然顺畅地承接了这两种含义，这是内外虚实的双重交合。诗的层次和厚度，就在这样步步为营的层层交织中形成了。

孝奉暖心被，暖透梅花骨

在何振岱的朋友圈里，其爱女之心人尽皆知，女儿对父母亲的依恋和孝敬也同样是人尽皆知，父女之间的感情羡煞了旁人，也喜煞了为父之人，所以在他的笔下不乏女儿的贴心和孝敬。

鹧鸪天

怡儿奉毳被，喜赋

老拥重衾暖尚微，却须毳被敌寒威。
随身转侧浑无缝，温梦轻柔若有依。

孤枕夜，太凄迷。霜风吹月下房帷。
今宵春透梅花骨，笑口频开有阿儿。

毳，读 cuì。是个会意字，从三毛。"毛细则丛密。故从三毛"。意思很明显，它的本意就是鸟兽的毛，引申为动物的毛皮。"毳被"：顾名思义，就是皮毛制成的毡被。另有

"毳衣""毳袍""毳毡"等不一而足。"凡毳之属皆从毳"。

这阕词记载着女儿健怡为老父送来一床毳被，让老人家喜不自胜的故事，赋词以记之。

《鹧鸪天》这个词牌很特别，除了颈联摊破而出外，其体格与七律无差。在名目繁多的各类词牌中，它是最脱胎于律诗的一种，所以它的起承转合也自然带有律诗的明显特征。

那么，前四句我们就按照七律来解。

开篇两句是一对流水句："老拥重衾暖尚微，却须毳被敌寒威。"说我老了，盖两层衾被的话，还是有一些温暖的，但不够啊，还是需要有毳被来抵挡严冬。这里的"重衾"，是两个衾的意思。"暖尚微"，是尚微暖的倒置，为音律的关系，变化之。这一变化，也变化出了美感，若直说"尚微暖"倒是直白无趣了。

开头两句，老人先说这个毳被对他这个耄耋老人有如何重要。接下来一联那毳被已是盖

上身了："随身转侧浑无缝，温梦轻柔若有依。"联系如此紧密，意在说明女儿的贴心。当我需要的时候，女儿会在。这是一对工整的对仗，上句写身之感，下句写心之感。上句强调了毳被的"无缝"。如何辗转翻身，都无缝能透凉。"无缝"的感觉是以"浑"来加强的。"浑"似一个注脚，给"无缝"二字加盖了一个有力的章，提起了一个势，以突出"无缝"的浑然一体带来的美好和暖意。下句"温梦轻柔若有依"则重在吟味的表达，吟味中突出一个"若"字，此句若吟诵的话，将这个"若"字适当拉长，那种幸福的暖暖的感觉就都在里面了。说是"若有依"，其实是尚有依，这个"依"就是对女儿的依靠、仰赖、托身和爱。女儿的孝心将老人暖到了梦里头。

这一联对句工整：随身—温梦，转侧—轻柔，浑无缝—若有依。在结构上也自然承接着由"重衾"到"毳被"的过渡。从这两联中就看出七律的端倪了，"老拥重衾暖尚微，却须毳被敌寒威。随身转侧浑无缝，温梦轻柔若有依。"这个上片就是一首七律中的首联和颔联。

下片换头。换头处的两个三字句，按《鹧鸪天》的词牌章法通常是要求对仗的，比如辛弃疾的："山远近，路横斜。"李清照的："梅定妒，菊应羞。"苏东坡的："村舍外，古城旁。"陆游的："贪啸傲，任衰残。"等等。老人这里没有对仗，大概是为了强调"孤枕夜"里的凄楚和惆怅——"太凄迷"。"太"解释了这种悲伤的程度。这个时候的老人家夫人已经故去，儿女也都长大成家，他"拥重衾"仅微暖。独看寒风吹月，长夜难眠，是必然会孤枕凄迷的。好在，这，已是过去时了。而今"今宵春透梅花骨，笑口频开有阿儿"。

这里的"春透""梅花骨"都有双指，一是指梅花寒枝迎来了春风，以"氄被"喻温暖，以温暖喻春风。这个氄被呀，如春风透骨，暖到了心里。二是诗人的自指，以梅花指代他的梅叟之名。这送的哪里是被呀，分明是女儿将春天送给我了。这春天的温暖一扫孤枕夜里的凄迷，让老人喜不自胜，有女万事足。"笑口频开有阿儿"流露着他真诚的满足、率性和单纯。

何振岱的个性敏感而多愁、执拗而守心。对于儿女，对于朋友，他更看重的是那份内心的感动。这诗中他没有写女儿如何，只写自己如何，一点一滴地体会着来自女儿的那份孝心。而在满足和喜悦的同时，也把自己对女儿的爱意表露无遗。我们想象的在近百年前的中国，父亲对儿女大多是正襟危坐，不苟言笑的。像何振岱这样对儿女表露一腔爱心并赋诗为感的，着实稀奇。

一场突来雨，催生千般忧

何振岱有五儿一女六个孩子，何曦是他的独生女，即诗中的怡儿。

这个独生女儿是何氏夫妇的掌上明珠，疼惜备至。何振岱更是将女儿调教到跻身福州十大才女之列，"诗比兄才郁"。在我读到的有关何曦的资料中，处处得见何氏夫妇对女儿的关爱。比如从对女儿婚姻择婿之事的千挑万选，到何曦三十二岁出阁时，将自家大宅一分为二，赠予女儿婚后居住。为的是女儿不离左右。何振岱日记中有记："此女自生我家皆在父母旁，嫁后犹同居一年有八个月……"可见其爱女之心。

何曦婚后，丈夫染疾，儿女众多，生活清苦。这与何振岱对女儿未来生活的规划与期许有很大的差异，心中难免伤感担忧。表现在笔下便是"心怀百忧复千虑"，那是放不下的挂念。

雨中望女怡

儿车初发天随雨，老父绕廊遥望汝。

树头霏霏已有声，路上行行在何许。

阿娘久病更健忘，问予去省谁家女。
襁儿担箧为何人，不闻雨里鸠声苦。

这首诗写的是女儿离家时逢雨，老父亲廊下遥望忧心忡忡的怜女之情。

这是一首仄韵诗。“汝”“许”“女”同一个韵部，“苦”单独一个韵部。在何老的古体诗中，最后一韵常用邻韵互补，这在格律诗里叫“孤雁出群”。老人家善用这个章法。在各句子中，除首联以外，其余的句子他都有意地避开了律句，目的是配合仄韵，凸显古韵。可见无论律体还是古体，他始终是谨慎地遵循着一定规律的。虽说古体诗无平仄格律之规，但他也从没让自己随意游离于章法之外，这是真正懂诗重诗之人所为。

女儿的车刚刚走，雨跟脚就来了，真不是时候啊。老父无奈，“绕廊遥望汝”。意思很好懂，重点是其中动词的运用。上句一个“初发”，一个“随雨”，下句一个“绕廊”，一个“遥望”。把情景、事件、心情全都交代了。

在这两句中，“绕”字最出彩，那种随着“儿车”的远去，老父沿房廊移动脚步紧随车影一路遥望的内心担忧和不安都纠结在了这一个“绕”字上。“绕”，既是一个动态，也是一种心情，并含有一种神态。动态是脚步，心情是担心，神态是匆忙，还有那种引颈遥看爱女离家的孤独。所有的这一切，都在“绕”字中体现出来了。用好了一个字，诗就活起来了。为什么活？因为它里面体现了生命、情态、画面和感觉。所有这些构成了诗的层次，这层次也就是诗中的味道。一道道品过去，才会唇齿留香。

"绕廊"千回也望不见了。这时候，树梢头已经有了霏霏的雨声。这一联和上联相比有了时间上的推移。推移了多久不知道，反正枝头已经是雨声渐稠。"霏霏"：雨雪盛貌。范仲淹的《岳阳楼记》里有"若夫淫雨霏霏，连月不开"句。诗经《采薇》里也有："今我来思，雨雪霏霏。"这里霏霏相对于首句的"天随雨"是时间的推移，表明老父已"绕廊"许久了，同时它也烘托了一种气氛。霏霏之声，敲打的是人心。

所以说"树头霏霏已有声"是氛围的描写，作用是提起下句的情态——"路上行行在何许"，这是一句心里的念叨：雨下来了，怡儿你走到哪里了呢？这种担心，这种久立廊下的孤影，在这霏霏的雨声中，显得更加清冷。这就是氛围的烘托对人物形象的作用。

接下来的人物，从"我"转到"阿娘"了。

记得在何振岱诗词的评解过程中我曾多次讲过诗词情味的统一性，即诗中的情景物，必须是一个统一的情感况味，这叫情味的统一。诗词情味的统一性是中国诗词的一个特点。用什么物，表怎样的情。在这首诗里，前面说了"霏霏"，说了"绕廊""遥望""路上行行在何许"，所有的情和景都流露着两个字，一个是"忧"，一个是"愁"。那在这"忧愁"情味之下，他的统一怎样来表达呢？他用了"病"字。"阿娘久病更健忘，问予去省谁家女"。淫雨霏霏之中，爱女离家，阿娘久病，"病"字以外紧随的一"问"，将"阿娘"的病态提起来了，也让"老父"身上那孤独的苦痛感又加深了一步。

最后一句的"鸠声"有两解。一是以"襁儿"为主体，"不闻"雨中老父为儿的悲鸣。这一解从字面上看，"襁儿"是两句的主语。二是以"我"为主体。我听不见"雨里"儿盼归巢的苦声。这里的"雨里鸠声苦"是用了"鸠妇呼晴"之典，揣测了女儿雨中归巢回家的心情。这里的"苦"与其说女儿的雨中之苦，不如说是老父的为儿之苦。

这种苦痛一步步加深，便是难以自持几近哀号了："襁儿担箧为何人，不闻雨里鸠声苦"。"襁儿"二字诠释了女儿在父亲心目中的柔软程度，哀号的感觉也正是从它而出，随后的"鸠声苦"则是这种感觉的烘托和补充。"箧"：读qiè，箱子的意思。"担箧"：带着行李，引申为承受生活的压力，为生活负重。我的娇娇儿啊，你在我心中仍然是襁褓中的娇儿啊，却不得不开始负重受苦了。老父雨中空悲哀，离人不闻鸠声苦！

无论是哪一种理解，最后的这个"苦"字都统领了诗中的整个情感基调。这个"苦"仅仅就是这一场雨吗？我想不是的，只是借了这一场雨罢了。

探索在确定与不确定中

这一组是何老晚年时写给女儿何曦健怡的诗，原计划是放在同一篇里品解的。不承想一路写下来，诗中那爱子成郁，百虑千忧，有子方足之情深和细腻让我欲罢不能。其情，其感，其忧，其无奈，其慰藉，其叹息，一唱三叹。笔下不由自主地要细细寻品其纤微处，不能统而论之，故首首成篇。盖为那诗中的爱女之情所撞击焉。

感示怡儿

盂水分邻粥，渠稠汝且稀。

人谁忘德惠，事有暂因依。

药物无新效，肌容损旧辉。

强持衰目看，时复望来归。

一颗掌中珠，明于天上月。

穷愁何所慰，见汝生微悦。

汝饥我肠搅，汝病我心结。

为父愧无能，向儿复何说。

这首诗和上一首的情味是相通的。上一首《雨中望女怡》，写满了雨中对女儿的千愁百虑。这一首的悲情则更甚一步，既怜女儿也怜自己，从始至终在穷、病、衰、愁的苦水中无法自拔。想来此时的老人家年事已高，夫人故去，孤独忧伤难解，却又不得不为爱女挂心，故此伤复伤矣，百感丛生。

这首诗的伤之多，痛之重，人物之纠结，交叉，繁琐，让我初读时颇有些困惑。比如第一句"盂水分邻粥"，谁分谁的粥？"人谁忘德惠"，谁忘谁的德惠？"药物无新效，肌容损旧辉"这是说"我"还是"怡儿"？如果是"怡儿"那下句的"衰目"又指谁？如果是"我"那后面的"汝病我心结"又该做如何勾连？"穷、愁、病"的主体究竟是"我"还是"怡儿"，还是两人都有？事件的来龙去脉是什么？在句子之间穿梭感叹的人物身上发生了什么？这些答案都要仔仔细细地一一寻找。

通常在诗里，尤其是在这种感怀诗里，诗人常会随性而发，让情感如江河般奔涌泻下，只为一吐心中块垒。所以这类诗往往因随性而跳跃。人物，关系，事件，故事，穿梭在诗句当中，但细节只有作者才知道。盖因真情涌来千里奔腾，不屑整理源头和路径焉。比如杜少陵的《春望》"国破山河在，城春草木深。感时花溅泪，恨别鸟惊心。烽火连三月，家书抵万金。白头搔更短，浑欲不胜簪"就有此感觉。尤其是颔联处，谁溅了谁的泪，又是谁惊了谁的心？这些都需要你细细品味才能得知。

那究竟"盂水分邻粥，渠稠汝且稀"是谁分了谁的粥呢？诗人没交代，从头推起是看不出来的，那我们先按下不表，从整体处寻找答案。

先看第二联"人谁忘德惠，事有暂因依"。首先，这个"谁"不是指具体的谁。虽然表面上是在说怡儿，而说怡儿，也符合或遵循这个至善道理，我初读时的理解就是这样的。"怡儿行善，为邻人分粥，给人稠的，她喝稀的。她的德惠没人能忘记，都是有原因的。"这样的解释，单从首二联来看，似乎合理，但通揽全篇，在情味上则形成了隔离。通

篇的情味基调是"穷"和"病"，那么让怡儿去为邻人分粥似乎说不过去。你看，从首二联到第三四联，中间没有任何交代和过渡，直接就到了"药物无新效，肌容损旧辉。强持衰目看，时复望来归"。为什么？因为"穷"和"病"一直在延续。那么，首二联的"德惠"和三四联"穷""病"的主体就该是同一个人，而不是在两人之间转换。

"药物无新效，肌容损旧辉"与后面"汝饥我肠搅，汝病我心结"。"饥""病"的关联，也曾让我想当然地将此处的主人公定义为"怡儿"，可是这样的话，它与下句的"强

持衰目看，时复望来归"又形成了另一个脉络上的隔离，所以，再寻下去发现，前面部分所有的"穷""病""愁"都是在说诗人自己，因为——"穷愁何所慰，见汝生微悦。"

我现在啊，吃药也没有什么作用了。身体（肌容）也不如从前了。"强持衰目看"——老眼昏花，强自看啊。看什么？"时复望来归"——就是希望能看见你回来呀。这样的话，那接下来的"汝饥""汝病"跟这些就没关系了。"穷愁"也是"我"，"病"也是"我"。穷困愁闷中，唯有看到你，才心情愉悦起来。因为你是我的掌上明珠啊，如同天上的月亮一样。前面的哀叹，诠释的都是此刻的愧疚。你饿的时候，有如我肠搅。你病的时候，有如我心中打结，为父很惭愧，很无能啊，又不能对你说。"汝饥我肠搅，汝病我心结。为父愧无能，向儿复何说"。

这样全篇读完，回头再看开篇句，"盂水分邻粥，渠稠汝且稀"，就与"怡儿"没有关系了，不是给邻居分粥，而是从邻居那里得到"粥"，"德惠"也是指邻人了。友邻的帮助，不能忘记。我这样穷困也是一时的，事出有因——"事有暂因依"。这首句中，最重要的字"分"是关键。"分"是"分于"，而不是"分给"。邻居家的粥锅里，分出来的，因为无法太多，所以回来后，再加水，粥就更稀了。这，与后面的"穷愁"就呼应起来了。"盂水分邻粥"的"盂水"很形象，说明了一个极贫的状态，"盂水"是水盂的意象，意为磨墨时给墨添水的器皿。比喻从邻人那里分来的粥也是不多的呀。

所以，我们看到，第一句"定调"给整首诗定下了个

"贫"字，往后看，主调是现状的穷，父穷愧对了如掌中珠、天上月的怡儿。

写到这里我就想，难道现实中的一方大儒何振岱果真有如此贫困过吗？果真有食不果腹需向"邻人分粥"吗？我是不信的。也许此评论并不准确，但在诗里，却有理由这样理解。评诗，最重要的是捕捉"情味"。不一定要很准确，但一定要很贴切。以情味为基调发挥演绎。评诗的难，在于诗本身的"不确定性"，而这个"不确定性"又恰好是诗的特点。所以，如果太清晰明白，反而损害了诗味。太朦胧，又失去了"评"的意义。所以这个尺度，才是最难把握的。诗中的何振岱和现实中的何振岱如何统一，希望有同好畅言，解惑答疑。

在句中寻找生的消息

代柬招碧琴

疏林栖鸟晚成群，黯黯愁天又暮云。
竟日幽斋惟对菊，此时秋事可无君。
新诗脱手怨孤唱，旧事上心疑薄醺。
吟绕虚廊于百匝，漫教寻梦到宵分。

又见到一首写给碧琴的诗。

这是何振岱早期作品，写于约三十岁左右。初读以为是首友情诗，写思念挚友的孤独和寂寞。再读之下，最终确定这和前面写塔江寺怀碧琴一样仍是一首悼亡诗。因为诗中的幽怨哀伤之浓重已不是念友之态了，尾句"漫教寻梦到宵分"里更有天人永隔之感。

为什么这么说？看他的意象就知道了。那"黯黯""暮云""疏林栖鸟"的黯然"愁天"，那"幽斋对菊"绕廊百匝的"孤唱"，流露的情绪皆已超越了怀念远方挚友的情态。怀念的感觉是怎样的？是"我寄愁心与明月，随君直到夜郎西"，是"离恨恰如春草，更行更远还生"，是"春风桃李一杯酒，江湖夜雨十年灯"。在这些诗句里，愁虽在，但暖也在，有情感间的互动感，有生机感。相比较下的这一首，流露的则是孤独的冷意。

这种情绪，在起句里就已经给铺排下了："疏林""栖鸟""成群""黯黯""愁天""暮云"。这些冷意象的运用，给人的感觉有两种：一是愁之大，二是愁之重，是那种被铺天盖地的哀愁包围着的，放不下的感觉。在"黯黯"的"愁天"里，成群归林的"栖鸟"犹如跳动的愁绪，疲倦且黯淡。而"又暮云"则是在黯淡之上又叠加了一层黯淡，愁就显得愈加沉重。在古诗词里，"暮云""栖鸟"都是怀友常用的意象，以暮云描述内心的黯淡无光，栖鸟则映射着孤单、疲倦、离群。比如孟贯的《怀友人》"吟里落秋叶，望中生暮云。孤怀谁慰我，夕鸟自成群"。

孟贯这样写有个前提是"路歧何处去，消息几时闻"。因思念而"秋叶落"，因期盼而"生暮云"，诗中有一个离人之间遥远的互动感。这种互动感在此诗里我找不到。也就是说，在这首诗里找不到他所怀念之人的生的信息。尤其是毫无铺垫般开篇就盖来成群的栖鸟并愁天之上暮云当头，如果是写给生之挚友，这种色彩必是太过黯淡和沉重了些。

在这种沉重和暗淡的色彩中，碧琴不见。接下来两联都是对这种感觉的诠释和补充。"竟日幽斋惟对菊，此时秋事可无君。新诗脱手怨孤唱，旧事上心疑薄醺。"在这两联中，他没有问离人何往，没有问冷暖学问，没有问几时归来把酒言欢，唯有"幽斋对菊"的清冷，唯有新诗孤唱的哀伤，还有独自把酒的旧事惆怅。这两联所有的意象中，我们看见的只有作者形单影只的独自伤怀，没有情感间的相互交融和投递。"竟日"：终日。终日幽斋对菊，因为伤怀"无君"。

颔联中的"可"无义，是个语气助词，作用是为加强"无君"的感觉。但从对仗上，也可当是副词"却"，以对应上句的"惟"。而颈联"旧事上心疑薄醺"则是对上面幽斋对菊和游园孤唱在情绪上的进一步推进：因无君而孤清，因孤清而独饮，因独饮而薄醺，因薄醺而添愁。盖因"旧事上心"耳。

从"幽斋对菊"到"新诗孤唱"到"疑薄醺"的借酒浇愁，再到"吟绕虚廊于百匝"的千吟百咏，这里面只有一个"孤"字，没有呼唤和等待，连对影都没有，那碧琴该向何处寻呢？只有"寻梦到宵分"了。这最后的结句坐实了天人永隔的猜测——我只能到梦里去和你相遇了。

写到最后，刚好看到了刘建萍君的《何振岱评传》一书中有关龚碧琴的介绍："龚葆銮（1871—1898），字子鸣，号九鹤，又称碧琴子，名所居曰改庵，闽县县附学生员。"看生卒时间，龚碧琴卒时年仅二十七岁。此述间接证明了此诗中之伤是为悼亡。英年早逝，难怪诗人会不止唏嘘。

不惜自逊以美子

题沣儿自画山水

吾幼即喜画，至老技弗精。

旷观近贤作，惬者如晨星。

画家非漫充，道趣兼性灵。

纤埃在指下，土窟巢鼯鼪。

阿儿偶挥毫，楮墨生晶莹。

信知此小技，造物贻聪明。

惜哉役事畜，江海嗟劳生。

不然充所至，兹艺宜有成。

　　梅叟晚年为子女家人写的诗很多，多平易清浅不事雕琢，却写尽了爱子爱家的拳拳深情以及老来那种思念挂牵的孤清寂寞。当然也多有对儿女们的点滴所得流露出来的志得意满得子何求的欣慰和骄傲。这首诗便是。

　　这首诗是诗人写给次子何维沣也即何知平的观画之作。

　　诗题为《题沣儿自画山水》，何为自画？自画即无仿之画。

何振岱作为诗书之人，其家庭亦是诗书之家，儿女多工诗善画，尽显家学渊源。在何振岱的作品里，对儿女们的诗画之成多有记述，比如我们读过的他为长子五十岁生日所作的二十四韵里，有"弱冠能仿画，遂亦工为诗"之句等。这一首则是专述了"沣儿"画之有成。

整首诗似为信手拈来之作，大白话般不事雕琢。比如"画家非漫充"，"不然充所至"。这样的句子，严格来说，并不是诗语。这对于精通诗理，一生为诗严谨的何振岱来说，这样的句子本不该出现的。但纵观何老的诗词，这种句子倒是常出现在老人家兴之至高处，多为脱口而出之语。比如他在《喜晤疑庵》一诗中有句："临老朋欢如骨肉，真须一日面千回。"我在评析这首诗时说："这种张扬到极致毫不收束的情绪在何振岱的诗里是不多见的，可以说是绝无仅有，为什么？因为他太高兴了。"现在看来，我那个"绝无仅有"的结论下得早了些，老人家一生如何仅仅只有一次"太高兴"的时候。

这次的兴至至高处，当然是因为"沣儿"的画作——不仅精，且精于"我"。所以在这首诗里，老人家一开始便不惜自逊来"美"子。

"吾幼即喜画，至老技弗精。旷观近贤作，惬者如晨星。"我从小就喜画学画，但到老技艺也不怎样。可是近来我看了你的画作，真是少见啊，让为父我很是称心满意，欢喜非常。"旷观"：纵观，"晨星"：寥若晨星之意。此"旷观"

二字里可见其画作之好不是偶尔为之，而是一贯之为。"晨星"稀少，罕见意。古人云：晨见之星，物之稀少。何老以此二字论儿子的画作，当是至高之评价了。

为什么这样的画罕若晨星？因为这画不是谁都能画了的。画家不是随随便便就能当了的，需要用功，有兴趣，还要有灵性。这就是下句"画家非漫充，道趣兼性灵"的意思。那我为什么说"画家非漫充"非诗的语言呢？因为它整句正是"画家不是随随便便就能当上的"压缩版。我们说什么是诗语？诗语是虚实兼备，阴阳相糅。虚实相生则诗韵方存，反之则枯燥、呆板。也就是说，诗句需虚中有实，实中有虚，方能摇曳神情并阐发义理。无论写景也好，抒情也罢，这是必遵的道理。在这一句中，其论述败在内容太多，让句子塞得太实，便没有了那种开合呼应，悠扬委曲之感。也就让句子没有了呼吸。通常这样的句子如下句加以挽救的话会让虚实得以平衡，就好比杜工部的《闻官军收河南河北》，整首诗皆是上下两句虚实间的平衡和补充，从而成就了其千古名篇。怎奈这一联中的下句"道趣兼性灵"也是一句夯实之语，故这两句便少了些诗的灵动和美感。我想，此所为盖为兴至满而逊于言了罢。

好在在整体上，老人家是不失虚实相衡的，这表现在下联对画作的具体描述上："纤埃在指下，土窟巢鼯鼪。"这两句直接从对其子的评述转到了其画作上，补充其为何"兼性灵"。这种转换将诗从上联的那种实意的论述中拉了出来，视角的改变减弱了诗句的不足，而为整体塑了形。让诗从整体上看，虽有细节不足，但身形并无不妥。这也表现在后面的"阿儿偶挥毫，楮墨生晶莹"和"惜哉役事畜，江海嗟劳生"上。这就是虚实转换带来的好处，其本身的色彩和动感，在一定程度上维持了结构的稳定性，并从而调动起了诗的灵性。

所以从最后一联回过头再看，这首诗的某些句子虽略逊于灵活婉转，但整体来说还是不失为虚实有道的，这表现在从第一联起，他自谦，感叹，议论，观画，赞美，到再议论，再感叹，再赞美。其循环婉转正是虚实的平衡和转换，皆为诗人有意而为之。所以，句实，诗却不实，说明诗人是参透了诗理的。纵然笔下有些句子不足为法，也算是不惜自逊以美子吧。

写诗人皆有些许诗病，不外何梅生乎。

由注解说开去

万善殿后山同健怡、惟沣二子小坐

一径蜒蜒转翠陂，残荷花后爱明漪。
人家隔岸鸡鸣静，老柳捎云雁去迟。
千佛何年归宝塔，^① 孤花永昼缀疏篱。
寻诗取醉须休懒，及此秋晖正好时。

这是老人家客居京城时的作品，也是他南归前的作品，归在他的《觉庐诗存·燕台续集》里。在他的《觉庐诗存》的前序中，他对《燕台续集》的解说是这样的："燕台续集二卷，辛酉冬，复挈内子北游。以子深撄疾，医药之余，偶寄吟咏。辑成二卷，曰燕台续集，为第六卷。"从时间上看，《燕台续集》作品是早于《燕台集》的。此时的长子壮年，幼子年幼，次子沣尚未赴法留学，女儿也尚未出嫁。这大概是儿女伴他左右时间最长也是最后的一段时光了。在这期间，他留下了不少客居之作，如《北海看雪，大儿东俦载酒

---

① 殿中一塔，金佛千尊，庚子年尽失。

从游，因谈江南雪中梅花之胜，既归，书此示之》《里中诸生泛舟小西湖待月，有诗见怀》《客梦》《先农坛看桃花》等。这首诗也是此期间的作品。

万善殿得名于清顺治皇帝，建于明朝，原名崇智殿。位于北京中海东岸。顺治时改为万善殿。殿内供奉三世佛像，殿后有千圣殿，供奉七层千佛塔。

清朝至今，为万善殿题诗最多的大概是乾隆皇帝弘历了，他有《中秋日侍皇太后万善殿礼佛因游览瀛台诸胜·其一，其二，其三》《万善殿》《万善殿瞻礼》等。何的相知之交陈宝琛也在《瀛台侍直七月至九月得十六首·其九》以及《同艾卿珏生观荷胜芳》中对万善殿多有描绘。有意思的是，无论是皇帝还是帝师抑或梅生老人，在他们有关万善殿的诗作中，几乎每一首都有句中注解，就如何振岱这首诗里的"千佛何年归宝塔，殿中一塔，金佛千尊，庚子年尽失。孤花永昼缀疏篱"一样，这似乎成了有关万善殿诗的一个特点。在乾隆皇帝的《腊八日记事》一诗里，注解竟有八处之多。整首诗加注解，看起来是这样的：

腊八日记事
清·弘历

百年初建古招提①，世祖煌煌两字题②。

---

① 西苑蕉园之南稍折而西为万善殿，乃世祖章皇帝创建，计至今已百五十年，可称古刹。

② 殿正中佛龛，恭悬宝翰世祖御笔"敬佛"二字，匾额留贻，长辉梵宇。

吉朔嘉平例瞻拜①，豫同九有迓春禔。

冰床南渡阅冰嬉，行赏多因惠八旗②。

教射习劳意两寓③，岂徒悦目慢观之。

正是雄兵围贼时④，西南叩望捷音驰。

匆匆孟仲冬虚度，日月疾偏露布迟。

忽阴忽霁度终朝，望雪亦知时尚遥⑤。

咄此言增失之矣，自惭自责益心焦⑥。

① 每岁腊八吉辰例至万善殿瞻礼，以迎新岁蕃禧。

② 向年，于冬至后阅试冰嬉。按照八旗及内府三旗以次轮阅，率至腊八，而遍因以校艺颁赏，用示嘉惠旗兵至意。

③ 冰嬉为国制，所重以革鞋，荐铁如刀，驰骤冰上，来往如飞。复抛掷圆鞠，令众捷前争取，得者为隽。又于旌门悬球试射，用第甲乙行赏，盖以肄武习劳隐喻练戎之意。不徒供岁时娱玩也。详向所作冰嬉赋中。

④ 日昨，接据明亮等奏报，将陕境汉中一带贼匪分路兜擒。适黑龙江劲兵齐至，正遇贼匪于水浅处偷渡，各劲兵驰马急赴河心，将贼匪千余人悉行截杀无遗。贼势大挫，遂不敢复思北渡，亦不能阑入栈道。现俱逼入川境通江地方。明亮带兵跟踪紧蹑，与惠龄恒瑞庆成等四面攻围擒渠，捷音当在旦夕。予每日惟敬向西南，叩吁山川神祇默佑，以期迅速蒇功。

⑤ 今岁夏秋，雨水沾足，自入冬以来频值阴云作雪未果，地土虽未形干燥，现届腊月上旬，计此月中下两旬及新年正二雨月，尚可叠沛。祥霙时日正长，日前虽非迫切，待泽之候而企望不能稍释。

⑥ 现在虽非亟望雪泽之期，但此一言，或即予盼雪未诚以致上稽甘泽，亦未可知。予惟有内省滋惭，益殷祈望，宵旰焦劳刻难自己。

洋洋大观啊！

陈宝琛的七言绝句《瀛台侍直七月至九月得十六首·其

九》里的注解长度也超过了诗本身：

瀛台侍直七月至九月得十六首·其九

陈宝琛

亭榭回波树蔽天，梵宫长属玉堂仙。
谁怜八十先朝傅，圆殿东头旧胄筵①。

还有明末大学者毛奇龄的万善殿诗亦是。

由此可见万善殿的典故之多，可述之丰繁。也由此让有关万善殿诗中的注解似乎成了一种必需，好像不注解不成为万善诗。所以，今天，我想暂抛开诗本身，由注解说开去，专题写一写有关诗的注解。

我们鉴赏古诗词的时候，常会遇到一些难解的词语或典故，需要找注释。有的诗在字面意思以外，还有其"特指"性，被加上各种注解和推测。比如杜甫《绝句》里的一句"门泊东吴万里船"。有人就拿了范成大的《吴船录》为其做注解，说"万里船"指的是合江亭西侧的"万里桥"。且不说范成大写《吴船录》目的并不是为杜诗做解，即便是有所指，这里"万里桥"的意思也应该被忽略。否则，如果以"万里桥"来理解，诗立即变得没有美感了。所以，当解释的字面意思和所谓的注解"寓指"有差别时，应该以哪个为主？我

---

① 万善殿西厢为南斋翰林直庐，殿后迎祥馆，己庚间，徐相以毅庙旧傅傅大阿哥于此。

想，原则应该是"个性服从共性"，以美为原则。就杜甫的这一句而言，不论从对仗，还是诗意，万里船的"万里"才重要。船，有万里之感，而若是"万里桥"则没有。"窗含西岭千秋雪，门泊东吴万里船"，"万里船"对应"千秋雪"，在上下两个对仗句里，万里如果是地名，千秋也是地名吗？显然不可能。何况，"门泊东吴万里船"已经有"东吴"这个地名了，"万里"再作为地名，就累赘了。以杜甫的诗功，断不会犯此错误。何况，诗的美学意义，在于解与不解之间。不解，才是最佳效果。每首诗，如果都要靠注释来说明，这诗的美学意义也就打了折扣。

回到这首诗，看这一句："千佛何年归宝塔，殿中一塔，金佛千尊，庚子年尽失。"就"诗"本身而言，千佛丢没丢失，其实不重要。"千佛何年归宝塔"，即使没有丢失事件，这句也成立。佛像与"佛"不是一个概念。千佛，可以不等同于千百个佛像。佛无边，有佛像，未必有佛。所以，佛像丢没有丢，不影响诗意。抛开注解，我们反而能看到更多的东西，有更多诗意和内涵。加了注解，反而限制了这种诗意与内涵的延展而局限于"失去""归来"这个小小的界面上。诗的意境，往往是"似是而非"的。如果确定，就没趣了。况且，诗词用典贵在无痕。典，隐藏在你的感觉之中组成了感受的层次和厚度，若加了注解这种层次感会立刻消失而变得平面化。所以我认为，这句中佛像丢失事件的注解，实无必要。

"作者要不要给自己的诗做注释"，这是我和我的老师经常谈论的话题和观点。我们共同认为：与其注释，不如炼诗。可以有前言，可以有小序，但是不能有注释。也就是有话要说在前面。不能过后解释。因为诗一出手，作者就已经没有解释权了。很多人不理解，我写的诗，咋自己没解释权了呢？因为诗无达诂。诗一写完或者一发表，作者的身份就转化了，他也是读者之一，和其他读者一样，没有特权。诗，要交给读者来理解和评判。你的注解，读者并不是必须要认可和接受的。很多人在写完后意犹未尽，各种注解，生怕别人不理解。其实，诗无达诂，千人千眼，诗本身就没有绝对的标准答案，这才是诗的真正魅力。宋朝有"千家注杜"，也就是众说纷纭。所以，读诗字面理解为第一。就好比我们读过的何老那首《感示怡儿》，表面上说穷，实际上我是不相信他穷的，但我还是要从诗出发，将诗理解为穷，就是这个道理。

我想何老之所以做此注解，大概率上是受了陈宝琛的影响。何陈二人相交知己，万善殿诗的百般诗注不可能不影响到何振岱，也就变成一个必需了。

还有一点小小见解需要说明。在《何振岱集》原版中，"千佛何年归宝塔"后是加了"？"号的，我录用的时候把问号删掉了。实际上，我一一删掉了全部评解过的诗词中的问号。在今后的《何振岱诗词笺注》里，我也会一一将问号删去。为什么？因为在古诗词里，诗句里的"问"不一定是问，可能只是一种语气，甚至可能是肯定。比如"何事长向别时圆"，你能把它单纯看成问句吗？自然是不行。因为可能是问，可能不是问，但如果加"问号"，那就把诗意限制在"问"里了。

且借此诗作一些诗词知识小普及。

去掉一点，放大诗意空间

万善殿后山同健怡、惟沣二子小坐

一径蜒蜒转翠陂，残荷花后爱明漪。

人家隔岸鸡鸣静，老柳捎云雁去迟。

千佛何年归宝塔，[①] 孤花永昼缀疏篱。

寻诗取醉须休懒，及此秋晖正好时。

在上一篇中，原本要写的赏析成了诗词注解之论，留下的赏评之事却成了块垒不吐不快，所以另起篇章，再读这首诗。

我们说，何振岱写给儿女的诗词大多数是感意满满的。他写亲情，写思念，写期待，写欣慰，写秋风秋雨中的离愁别绪，也写有子方足的志得意满。这首诗不同，他没有入情，就是写景，写眼中景。但同时又不是一首单纯的山水景物诗。原因是他把情作为背景，凝聚在诗题"同二子小坐"

---

① 殿中一塔，金佛千尊，庚子年尽失。

226

几个字里。小坐，休闲也。虽然同坐，但各寻感思，闲散雅逸沉浸其中。同时又为诗取醉，触景生情。同子小坐几个字，把父子三人闲坐亭中的那种融融胜情就流出来了。接下来便直述美景，无须再言情了。

我们来看他都看到了什么。

第一眼，是视觉的直观。看见一条小径沿着翠绿的荷塘蜿蜒曲折。此时花时已过，无花可看，但残荷间闪烁激滟的涟漪，依然让心之往动。

注意这里的"花后"不是指"花之皇后"，而是"花之后"，

联系到前面的"残荷"便是"花期过后""花败以后"了。这里的"爱"也不是"花爱"，而是"我爱"，是我的所见所感："爱明漪。"同时也写了季节：夏已过，花亦残。"爱明漪"三字调动了"残荷"的凋零感而让情绪拔起，心情舒畅依然。

颔联是由近及远，视野宕开了去。

"人家"不是指人，而是指家，是隔岸充满烟火气的人家。"鸡鸣静"是时间的缩小，"雁去迟"是季节的进一步递进。说明这是黄昏时分，鸡已经归巢。而"雁去迟"三字则让我们知道，此时秋已经深了。上句的"静"和下句的"去"这一静一动、一水一天中有点"两个黄鹂鸣翠柳，一行白鹭上青天"的感觉，都是对听觉的诠释和视野的延伸。听觉中的"静"烘托的是一种气氛，而视野的延伸从小径小池，放眼望开去。拓展的视野，其实就是心境的打开。"静"而"动"则是心境的起伏，只有这样，才能进入颈联的想象空间。为什么？这是因为视野已经进入"水云间"的层次了，再看，无法看远了，这就需要升华了，由景入情。这就进入了转。

它的"转"依然在颈联。颈联是由景入思，进入想象世界。老人家透过水天之间看到什么？看到了"佛"。"千佛何年归宝塔"这里有一问。我们延续上篇说的，将注解抛开，只看诗本身，这样去铺展，问佛，就不是问丢失的佛像了，而是有了更大更高的提升。问佛就成了问心、问道。问何时能和尘同光，悟道出尘。因为这个时候佛和塔，都已经不再是实写。塔若有灵，须有佛光。人若有成，须有真思。所以，塔也是"人"，佛也是"灵魂"。借塔说人，借佛说心。不要提什么佛像丢失问题。

接着孤花句"孤花永昼缀疏篱"也是。这个时候，花多少已残。孤花，生命力顽强，不屈，不甘，孤傲。尽管岁月流逝，依然顽强面对。结合上句的佛道，便有了心有灵犀，大道三千，即使孤独而立，世界依然在我望之势。虽身处红尘，篱笆乡野，依然有孤傲立世，心志高远之感。这样，心气就起来了，诗意诗趣也有了。再借酒添兴，兴趣盎然，呵呵一笑，一瞥秋晖。此时此刻，夫复何求？

尾联是思绪回返现实，是"余味不尽"，咀嚼前篇的回音。这里的"休"，不是"休要"，而是"休闲"。"休"没有否定句"不"的意思。休闲且疏懒。所以，"休"与"懒"，意思相同。这层意思，是由"须"字左右的。"须"：要的意思。若将"须"改成"莫"那意思就相反了。若改成"君"，那"休"的词性就变了。所以，"须"虽然只是助动词，但因为"休"的多义性而让它变得至关重要。再结合"寻诗取醉"的休闲状态，题目中"小坐"，以及作者的环境心态，综合地理解和感受这些闲逸情态，"休"就不难理解了。

读诗，不能只跟着它走。好比这首诗，诗中的注解，反而让诗少了几分含义。所以我们读诗要的是"借诗发挥"。入境，入作品境，才能走进更大的空间。

细节中看母亲的心

　　在何振岱写给儿女们的诗中，写给儿子们的诗和写给女儿的诗感觉大为不同。写给女儿的诗多是忧怀挂念，百感丛生。如"汝饥我肠搅，汝病我心结。为父愧无能，向儿复何说"，"褪儿担篚为何人，不闻雨里鸠声苦"。写给儿子的诗虽也有思念伤离，但更多的却是恬然自足、期待慰勉。如写给长子的"阿畴具灵性，而不合时宜。资生托一艺，诸老称良医"，"汝德如有进，可喜良在兹。人谋惟尽己，天意谁逆知"。写给次子的"旷观近贤作，惬者如晨星"，"阿儿偶挥毫，楮墨生晶莹。信知此小技，造物贻聪明"等等。儿女在父亲笔下，情感同而表达异。那么在母亲笔下又是如何呢？且来看看梅生夫人郑氏岚屏这个为母之人是如何表达她对远方儿女思念的。

　　有一组诗写于郑氏晚年时期，写给她留学法国的次子维沣。这是第一首。这个时期，她年已迈，体亦衰，羸弱疲惫，体不如昔，却依然提笔，写佳节念，写病中盼，写离别悲。

午节寄怀沣儿巴黎

书来每道宵逢月，独对清光必忆家。
佳节蒲香兼艾绿，旧京榆荚又榴花。
初尝角黍思游子，每数邮程语阿爷。
我已天涯成久客，念儿客里更天涯。

这首诗是写在端午节里对爱子的思念。

"午节"是端午节的省称。明代诗人王屋有句："午节今朝是，开尊召酒徒。"清代焦循《忆书》五中亦有："督家人治角黍为午节用。"此时的老人家客居京城，身在异乡为异客，但念儿在更天涯。双重的离殇与漂泊成就了此诗。

郑岚屏与何振岱的诗区别在于，何的诗多于学问的展示，对人生和世界的悲愁和哀叹。郑则是纯情感的生活状态描述，

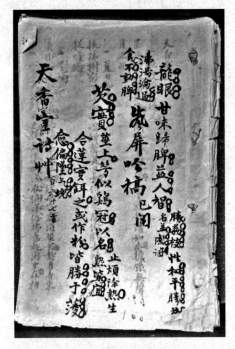

岚弟（何振岱称郑岚屏为岚弟）与吾师（郑岚屏称何振岱为吾师）吟稿

231

纯女性化的、母性的表达。所以，相对于其夫，她的诗多清浅，但也更多一些温暖、自由和放松。

"书来"的主语是"你"，也就是"沣儿"，"书"：是书信，"书来"：沣的来信。"道"：是动词，言，说。起句是从爱子的念家写起的，意思是：你的来信上每次都会说逢月的夜晚，我独自对着月亮就会很想家。这个起句写出了"寄怀"的缘由，不仅仅是在佳节里当妈的对儿子的思念，也源自于儿子万里之遥的想家。以母之伤怜子之伤，这两厢的思念加重了伤的力度，就让思念显得更加沉重。

颔联主表时间，从"儿"的时间转换到"我"的时间。以衔接着起句中的时间描述。从脉络上看，这一联衔接到位，角度转换自然，但从艺术表达上看，稍显平实了些，上句"佳节蒲香兼艾绿"呆板，原因是"佳节""蒲香""艾绿"过多的物和事，让句子没有了移动的空间，也就少了些灵动。尤其是"兼"字，让"蒲香"和"艾绿"这两个类似的意象没有了层次感。我认为这一句的"蒲香"和"艾绿"是两个失败的意象选择，为什么？因为它们给人的印象是没有差别的，都是气味颜色的感觉，让二者的意象平行，加上"兼"这个连接字，句子就没有了层次感。呆板的感觉便出于此。

相比较颔联的平实无趣，颈联则充满了动感。"初尝""每数邮程""语阿爷"这些细节的抓捕相当到位，这就把诗的灵动感调动起来了。我拿起粽子刚尝了一口就想起了我的儿子了，想起了我儿在万里之外没有粽子吃。我每天算着天数问"阿爷"怎么书信还不到啊。这就是这一联"初尝角黍思游子，每数邮程语阿爷"的意思。这是诗中的细节。这些细节救了整首诗。

我们说诗好，好在哪里？好在这些细节对情感的诠释上，这是情绪升华的基础和条件。如苏轼的《定风波》里的"莫听穿林打叶声"，还有他的"家童鼻息已雷鸣。敲门都不应，倚杖听江声"等，都是完美的细节描述。有了这些细节，诗才有了血肉，才会丰满有生气。为什么有的诗读起来空洞无味？就是因为缺少细节的铺垫。我们常见的"老干体"，每一句都放大到极致，内部却是空空如也。"最高尚""万古扬""美名传"这些极度的赞美中，如何高尚，如何流传千古，都没有细节的说明与细节中流露的美感和质感，诗句就变成了既无力也无趣的空洞呐喊。再进一步说，这是虚实在诗句中的合理运用，太虚，则无意义，那些"老干体"就是犯了过虚的毛病。

在我读到过的古诗词里，在诗里对细节描述最多也最到位的，我认为是陆游。我读过他的每一首诗，而几乎每首诗里，细节都纤毫毕现。我曾惊讶于他如何能记住和观察到如此细小的生活片段并运用到诗里。不得不说伟大诗人的伟大都有他的伟大超凡之处。建议学习诗词的朋友可以读读陆游的诗，学学他的对细节的把握和运用。

最后一联就是总结了。回扣着前两联里的时间和空间感，让思念重叠，让离伤重叠，而为儿之伤更甚于为己之伤。这是母亲的心。

思念在时间里流动着

病中寄沣儿巴黎

与尔同时离乡井，于今屈指越三年。

凌寒朔雪经多腊，求学南荒又一天。

精艺博文原有日，白云碧海望无边。

父衰母弱岁云暮，游艺垂成猛着鞭。

离别之苦，思念成殇，老母亲这就病了。

这首诗写于约民国十五年，即公元 1926 年。在这之前的民国十二年冬，何振岱携家眷往北京至柯鸿年家任校读。第二年夏天，次子何知平也即诗中"沣儿"自北京赴法国留学。屈指算来，离家三年耳。

看上一首《午节寄怀沣儿巴黎》和这首的起句，两首诗皆从大开起，先放开去，再说眼前。写过去，写远方，写过往至今。上首起句写"书来每道宵逢月，独对清光必忆家"。这首写了"与尔同时离乡井，于今屈指越三年"。结构和感觉基本上是相同的。看她的下一首《沣儿复往海外》的首句"回

松底泉聲

何振岱作

国刚三月，而今又远行"更是如此。看来这是岚屏老人惯常用的写法。一种模式，不同表达。

还有承句也是，上半句都显得过实了些。上一首我们专门提到了承句上半句"佳节蒲香兼艾绿"，这一首的承句也是同样的缺点。"凌寒朔雪经多腊"和上篇的"蒲香""艾绿"一样，"凌寒""朔雪""多腊"也伤在重叠上。白居易在他的《文苑诗格》里有述："每见为诗，上句说了，下句又说。文不相依带，只伤重叠。今诗云：'夜久冰轮侧，更深珠露悬。''夜久''更深'是重也。"重叠的结果是因意减而味弱，而单句里的重叠又让诗没有了空间感，虽意减，但依然是压实了。不过，抛开诗理来看，我想老人家这里想表达的是儿子独自"南荒求学"的那种孤寒感，所以她才将这几种"寒意"叠加在一起，寒不胜寒。这倒是让我们看见了一个母亲思儿的彻骨心痛和担忧。怕天冷，怕儿寒。只要不在眼前，无论怎样的花花世界，在母亲心底，那里都是一片蛮荒之地。这就是她在颔联下句里的"南荒"。以"南荒"喻题中的"巴黎"不禁会让人会心一笑，能看出这个母亲的可爱和天真。这其中的反差映照的其实就是一个为母之心。

所以说，诗意有时候在诗理面前是身不由己的。在澎湃的心意流动中，她只想将心中块垒倾出，这块垒，就是那心中的念之切，忧之甚。

颔联中的"又一天"对应衔接着首联中的"越三年"。这就是古人说的：聊环文藻，得隔句相解。比如"扰扰游宦子，营营市井人。怀金近从利，负剑远辞亲"，此第四句解第一句，第三句解第二句。又云："青山辗为尘，白日无闲人。自古推高车，争利入西秦。"此第三句解第一句，第四句解第二句。这一句以"又一天"诠释着"越三年"中数着日子过的强烈的思念之情，那种母亲念子的刻骨柔情，就写出来了。

颈联可以看作是颔联的继续，所以它的转合都在末句里。这里的颈联不具有转的功能。原因是，这一联仍没有绕出时间的窠臼，是时间从过去、现在到未来的延续。原以为你学成归来是有时日的，没想到竟是"白云碧海"般所"望无边"。所以，第二、三联都可看作是承句，承接着首联里

"与尔同时离乡井，于今屈指越三年"。

写到这里再看最后一联"父衰母弱岁云暮，游艺垂成猛着鞭"中对时间的表达，我们就知道了，这首诗的整体就是一个流动的时间链。从"同时离乡井"到"屈指越三年"，再到"朔雪经多腊"，再到"南荒又一年"，再到"原有日"，再到"望无边"，再到"岁云暮"，再到"猛着鞭"。人的情感串联在这个时间的链条当中，恨别，伤离，忧怀，焦虑，期待，无望，愁患，鞭策，各有错落。而母亲的心也在这时间的流动中一一地展示出来了。

悲莫悲兮生别离呀！为什么悲至如此？我们不可忽略题中的"病中"二字，这离别之痛由病中出，自然是痛里加痛，自然是每天数着日子，每天希望失望了。

诗言志，言的都是心性

沣儿复往海外

回国刚三月，而今又远行。

吾心殊怅惘，天气却晴明。

观海怀应畅，思家梦易成。

灯前同语笑，定忆昨宵声。

郑氏岚屏的这三首诗，第一首写了佳节念子。第二首诗写了病中思念。这首则是沣儿归国期满，重返法国，又要远行了。这三首诗在时间和故事上的贯穿性，是我选择评读的主要原因。

尽管她仍说"殊怅惘"，但这首诗与前两首相比，没有了那种思念成伤之感。劳身焦思之情明显淡了许多，诗句也随之清淡如口语。这当然是爱子归来，慰藉了然之缘故。所以，这首诗，虽有离愁，却无别恨。似浅笑微颦，如弄笔轻吟。

古人云：诗有三格：情、意、事。老人家此诗文词平易清淡，却淡中有情，有意，有事。为母的爱子之心毕现。其实，在郑氏的这三首诗中，虽然思念之情颇烈，却无伤情哀痛之感。悲则悲矣，却善化能解。如第二首诗里的最后一句"游艺垂成猛着鞭"，第一首里的"佳节蒲香兼艾绿，旧京榆荚又榴花"都有此感觉。这些流露的都是郑氏的个性为人，多于宽闲旷然，善于拿起放下。人的心性如何在诗里是藏不住的。为什么这么说？这个诗题如果让何振岱来写，必是"老父绕廊遥望汝"，"路上行行在何许"这样的沉郁于心，难释难解。这是因为，诗，言的是志，即表的是心性，这是诗的本质。比如你让曹操去言矫情，或者让陶渊明去歌以咏志表达英雄气概，那都是不可能的。所以，古人云：诗有别才非关书也。盖因诗者吟咏情性也。

所以，老人家的心性在诗里也是挡不住的。你看她其实也想写一些悲情别恨，怎奈心中没有凄风苦雨，所以她选择的意象也与其丈夫有别。何振岱写别离，写的是"雨中望女"走，离别之苦，加上雨的烘托，心中那种"树头霏霏已有声，路上行行在何许"的忧结自然就产生了，这忧结的进一步推进，演绎，就是最后的"褓儿担篋为何人，不闻雨里鸠声苦"中沉重的乾坤含疮痍之象。

郑氏不同，她写离别，"吾心殊怅惘，天气却晴明"。这晴朗明亮的天气是否能化解一些"殊怅惘"的心情呢？当然是的。"晴朗"二字一出，她的怅惘也就淡了。这淡的滋味就是从"晴朗"的"天气"中流出来的。我们品诗，不能只看表面，只看她上句是"别愁"，下句是"晴明"，两句合一，

239

何振岱作

就认为是晴明中的别愁。有人也许会把"晴明"与"怅惘"作以对比，以为晴明使怅惘尤甚，那未免就太表面化了。最起码在这首诗里不是。因为从诗言志的本质上看，如果"别愁"之意在她心中无法化解，她的笔下必然天是灰的，云是暗的，树叶凋零，霜风卷地。而不会选择"晴明"作为环境来烘托她的怅惘。

所以，我们品诗，不能只看表面，品到诗中的味道，才称其为品。品诗，品的也是这种表面上看似不同，实质上情味相融，从字面之下透出的滋味，这才是品诗之所以为品之所在。

诗中所有的景色都含有你的情意在，有景即有情。情在景中，味也在景中。你笔下若是"晴明"之景，即使心有怅惘，亦无殊甚了。

接下来几个句子的表达也是同样，你看颈联中的"观海怀应畅"和"思家梦易成"。还有尾联中的"灯前同语笑，定忆昨宵声"都是同样的道理。即使怅然若失，也是畅中之怅。即使家国难归，却也有梦易成。还有那"灯前笑语"，即使有挂念，也都化解在那笑声中了。

景为情，情为景

沣儿书叙金陵别母情形，黯然赋此

忆汝金陵别母时，膝前啼泪太淋漓。

所伤南朔遥相隔，犹说归来见有期。

今日灵筵香袅袅，青山新冢草离离。

几家离乱能团聚，错是当初轻别离。

上篇母亲写了送归来探病的"沣儿""复往海外"，这一篇便是永诀。母亲与"沣儿"的故事，到这里，成了一个句号。

诗人为诗的一个好处是，诗在一定程度上成了他的生活记录，无意间将一段生活连成了一条线。而当这一家人都能诗时，这条线就交错成了一个面。故事在自然流动，情节也有序地转换，一段故事开始和结局的方方面面就都衔接上了。

1936 年丙子年夏，老人家由沣、澄二子陪同自北京往南京，入住弟子吴石府上停留数月，流连忘返，记下了不少生活片段，其中一首写的是《沣儿送予至南京，住吴虞薰家，留数日复北返，途中寄一诗来，诵之恻然，因书以答》："同客独归吾累汝，车喧身寂日如年。思亲壮岁犹髫齿，为喜书来又黯然。"并附沣儿诗《北归途中思亲》："来时跃跃去依依，二老南留我北归。两日车程枯寂甚，偶然一梦亦慈闱。"那日一别，一别便是永年。只是诗有记忆，记录当年别时的黯然。此时诗中再述"金陵别母时"，这诗就成了故事的结局。

若是再将老母亲写给儿子的佳节遥寄、病中感怀、怅惘送别等诗连在一起看，这两代人的诗之交汇就汇成了他们一段人生故事的完整画面。这些画面衔接无痕，自然流畅，前后照应，无一不是真情毕现。让我们不得不感慨为诗之好。

这首诗写于1943年，也就是金陵一别的六年以后。这一年夫人郑元昭岚屏已经作古，金陵一别成了母子间最后的记忆，所以此时再忆金陵别母时，就变成了必然。

诗从对方也即

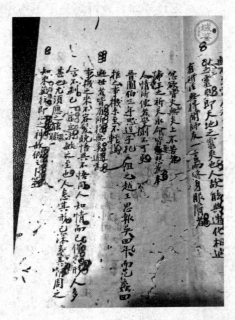

何振岱抄稿本

"沣儿"写起，主角是"沣儿"，述其"书中所叙"之事，头两联由"叙"起到情止，概述其"书"。起句中的"忆汝"，是"汝书中忆"而不是"我忆汝"。这是因为只有"汝忆"方能抓题。古诗词的扣题句往往在起句上，是题目的切入点。这种例子俯拾即是，如刘禹锡的《乌衣巷》："朱雀桥边野草花，乌衣巷口夕阳斜"，李白的《于阗采花》："于阗采花人，自言花相似"，陈叔宝的《独酌谣》："独酌谣，独酌且独谣"等等不胜枚举。起句切入后，接下来是对主题的铺展，而结句往往又扣回到起句中对主题的切入点上，让主题升华。就好比是一条线画满了一个圆。这是诗的题与诗本身的关系，也是诗词重要的谋篇布局的方法。

就这首诗而言，诗题决定了角色的位置，若没有题中的"沣儿书叙别母情形"，其首联的角色便会立刻改变。由"沣儿"变成"我"，那我述"汝忆"就变成我述我忆了。人物也随之变得单一。所以读诗，尤其是开篇，要注意关注题目，关注诗题的背景交代。有人说"诗歌的题目是诗歌鉴赏的向导"就是这样。

前两联写"汝忆"，从颈联开始角色转变为我，充分体现了起承转合的转的功能。从汝遥忆，到"今日灵筵香袅袅，青山新冢草离离"。"灵筵"和"新冢"写出了之所以"黯然赋此"的缘由，那就是你总说相见有期，可现在母已离去了。

这首诗的结构很特别，他以"淋漓"的大情大状为起，以议论和叹息总结结尾。看似无甚惊奇，其实非高手不能

244

为。皆因为情在起句中开阖过大，到后面便会难以收束，情难以安放。造成诗或空泛无味，或头重脚轻，也就谈不上谋篇了。而这一篇，他让"淋漓"之情在颈联那里突转为"灵筵""新冢"，由情转而为景，角色也为之而转变，这就让前面"太淋漓"的情有了落地之处。起承转合也随之而稳。

如果换个角度讲，其实首、颔两联看似情感"淋漓"，其实是在言"景中之情"，是客观上的"汝"之情，这种情，在本质上可以看作是"景"的，因为主观的"我"还是看的角色，那么我之所见就是我的眼中景。就好比诗词中若以故事、典故为起句，那典故也应该被当作是景，起句也要看作是"景起"。所以此开端两联中对"汝书"的叙述也可以被看成"景起"而不是起句入情了。

那这样的话，颈联的转也是要随之转变的，也就是由景转为情了。如果说前两联是眼中的"景中情"，这一联就是身心俱伤的"情中景"，你能看到老人家面对灵前的香案和青山离离草间的新冢的伤感，这时候的景就不仅仅是景，而是涕泪淋漓的情了。

这是两种不同角度的欣赏，两种角度，各有高端。无论哪种角度，他的情景转换都尽合诗理。景为情，情为景，情景难分，皆因心中黯然之真情。

相辅相成为诗好

自古"人情怜少子",何振岱自不免俗,看他所有写给少子深的诗词中,其柔情之流动远大于为父之说教,字句之间是含笑而语的宠溺而无正襟危坐之感。同样的爱怜,相比较于他写给几个兄长的端正感,更有一些放松和自然。

何家的后人,个个能诗,能书,能画,大儿"十岁熟左传",女儿"诗比兄才郁",小儿子自然不遑多让,八岁便有惊人之句,让老父亲惊讶且多年后仍以诗记之。

深儿八岁学予为诗,得"清夜读书灯结花"之句,予为足之

> 清夜读书灯结花,灯花红映鬓丫叉。
> 圣贤经史心传在,望汝芬香继大家。

这是老人家在许多年后写的一首诗,诗里记录了少子小时的诗句,并以此为句续而成诗,借此表达和寄托一腔父爱。

"深儿八岁学予为诗"。何家的孩子童蒙之启往往由其夫

人郑岚屏担纲，在何振岱写给长子畴的诗里也有句"十岁熟左传，汝母为汝师"。而从题中的这一句可以看出，这小儿子的诗文则

右起：何敦仁、何敦敬合影

是老人家亲自教授的。由此可以看出老人家对少子的偏爱。

"清夜读书灯结花"，起句是少子儿时的原句，由此引出儿子灯下读书时的情景："灯花红映髻丫叉。"读的什么书？"圣贤经史"。为什么要读"圣贤经史"？"望汝芬香继大家"。所以这一首小诗，四句层层递进，脉络顺势而下，无转折、旁逸，理随笔走，柔情相牵，就把为父之人的那种期待给写出来了。

这就说到了格律诗中一个常见的章法：衔接。也就是层层相关，因意递进，最后达到升华。衔接，是谋篇布局的不二法宝。

拿这首诗来说，前两句是老人家心中的幻影，后两句从幻觉中回到了现实。这幻觉感从哪里来？自然是从"清夜读书灯结花"里来的。这句诗里透出的，是诗背后的意。这个意，并不具实相，却能给人以感受，是流动在字面下的情感，和诗句一起组成了诗的层次。就像音符包围在和弦里，烘托出动人的乐感。这意烘托着诗句，共同组成了一个美丽

的东西，叫诗意。这就是诗意的来源。

诗意，是涌动在字面下的感觉。但有时候，你接收到的感觉并不一定是清晰的，这就需要去寻找方能得知这个意的来源和含义，去剖析。那这里的意是什么呢？那就要看他想起儿子这句诗的缘由了。事过经年，再回首以往，理由只有一个，那就是思念。那么思念，就是这诗句背后的意。由思念，想到小儿的诗，由诗想到小儿童年时扎着髻丫坐在灯下读书，往时的情景重现。老人家那种捻须含笑，沉浸其中的温情感就跃然纸上了，诗意也就产生了。

为什么有的诗会让人感觉寡淡？就是缺少了这意的存在。意，要有所言，有所不言。话不可在诗里说尽，说尽了，就把想象和感受的空间挤没了，意便不再流动。诗，成了一个平面，自然也就单薄无味了。就好比是音乐没有了和弦。古人曰：诗以意为主，文词次之。就是这个道理。

找到了诗句背后的意再回过头看这看似平淡的诗句，画面感就立起来了。那是一种跨越时空的温馨回望，回望当中，又有一腔期望在殷切地传递着，那就是"圣贤经史心传在，望汝芬香继大家"。

这就又说回到衔接上了。这种回望中的交流，让诗句的衔接也成了自然。最明显的衔接就是起句的后三个字"灯结花"和第二句的前三个字"灯花红"之间。他以"灯花"接"灯花"，目的就是为了个"接"字，这个"接"不是一个单纯的为接句而接，而是由意推动着的重重叠叠交织着的接。

首先，第二个"灯花"的目的是在突出第一个"灯花"，有强调第一个"灯花"的意思，通过强调"灯花"，让诗句引人注目，以凸显出小儿的少年才情。这层意思背后站着一个骄傲的父亲。

其次，这种接也类似父子间的以诗对话，你出一句"结花"，我接一句"灯花"。慈父的形象就出现了。

第三，是一种时空的对话，以一种衔接的方式进行一个时空的交流。交流，是因为回忆，而回忆，是因为思念，思念，是由于离别。故事也就有了。

看，一个小小的连接能牵出如此多的含义来，这些都是诗句背后意的流动，都由意在推动着。这意再往前推去，那有灯下读书，到读何书，再到读书中的期待也就顺势而至了。

这首诗小而简单，但却能让你看出许多问题，原因：一是诗理，二是规律。句与句之间，衔接、回应着诗意，贯穿着脉络，左右着诗意的流动。反过来，诗意，又决定了章法中各种衔接的形成。两者相辅相成，相互成就，是为诗好！

小诗精深，乃妙！

为炳儿题《松鹤图》

一枝聊寄鸶鹑分，窗户萧寥好自容。

修得仙禽千里翼，何愁天地少乔松。

这是一首题图诗。

大凡题图诗因图上的讲究，多以小诗为主，为的是不干扰画面，因诗害意，所以大多题图诗都短小精悍，鲜见长诗者。

当然，并不是所有的题图诗都要题写在图上的，还有许多因画赋诗，有感而发的，也叫题图诗。但这两种题图诗虽然名称相同，在写法表意上则有区别。第一种题画诗，作为画面的一部分，它讲究的是入境，入画境，作者站在画家的角度，诠释的是绘画者的心境，点醒的是画的主题。他诗中所表的不是单纯其个人的志，而更多的是画中之志，也就是他在言志的同时也在代人言志，这个志，就是画家画这幅图的志。这就要求他，一要理解画中意，二要明晰画者志，三还要守住自我。而另一种所谓的题画诗就简单多了，只要写出自己对这幅画的感觉就可以了。

这首诗，是老人家专为题在"炳儿"的《松鹤图》上而作。

为何说是"专题"？这是从题中的"为"字上知道的。"为炳儿题"，这个"为"字中包含着一个前提：应炳儿之请求。

"炳儿"，全名何维炳，字敦敬，是何振岱的第三子。

何振岱写给第三个儿子何敦敬

我们前面说这样的题画诗要言三种志，一是画中志，二是画者志，三是诗者志。而为父者为子题画，这其中就又多了一层为父之人的期许，所以这诗必是有些寓意在其中的。且让我们看他如何在这短短二十八个字的诗里写出诸多含义。

通常人们题"松鹤图"必是直言松鹤。他没有。他起句用了一个弱小的意象"鹪鹩"（读 jiāo liáo），颇有些出其不意。以"鹪鹩"与"鹤"作比，在诗词里常见，但在题松鹤图的诗里却是少见，毕竟松鹤图里是不见鹪鹩的。可见他这

251

里的鹪鹩意在喻人而不是写画。以"一枝"对比"松"，以"鹪鹩"对比"鹤"，以其中巨大的反差喻人是他写"一枝""鹪鹩"的用意。那就要先了解此反差来自何处。

首先是"鹪鹩"。鹪鹩，一种体形极小的鸟。此鸟形微处卑，常以一枝悬巢栖身。所以《庄子·逍遥游》里有"鹪鹩巢于深林，不过一枝"之句。晋张华作有《鹪鹩赋》曰："其居易容，其求易给，巢林不过一枝，每食不过数粒。"后人常用鹪鹩比喻弱小者或易于自足者。这些特点与身姿高然、超然飘逸的仙鹤就形成了鲜明的对比。

再看"一枝"。"一枝"就是"一根枝杈"。古人常用于喻小小的栖身之地。这与松的高洁耿介、卓然独立又形成了鲜明的对比。

那"一枝聊寄鹪鹩分，窗户萧寥好自容"是什么意思呢？这里的"分"不读平声"分"fēn，而读去声"分"fèn，是命有定分的意思。"聊"：作暂时，"寄"：是依赖。可以看出这里对儿子是有一层宽慰的：像鹪鹩那样安居"一枝"，虽然门前寂寥但也是可以容身的。或者说，无论如何有个容身之地。但若单是这样理解的话，那后面的松鹤也就没有了它特殊的意义，"鹪鹩"和"窗户萧寥"也成了无聊的比喻。所以更进一步说，他将这二者放在松鹤中作以类比，便有了潜龙在渊，一技傍身，虽时为"鹪鹩"何愁无一飞冲天化鹤立松之时。这一层意思都是从尾句"何愁天地少乔松"的"何愁"二字中流露出来的。

所以，这种对比便有了三层含义，即表面上对儿子的宽慰，不要着急，慢慢来，蛰伏其中安于现状，言下之意又在夸儿画技高超，第三层也就是为父的期望以及耳提面命的教诲了。那其中有没有一种自表气节的含义在呢？当然是有的。这是又一层。

后两句中，他以"仙禽"写鹤，以"乔松"写松，是在有意地避开题中的"松鹤"二字，以不直述松鹤为妙，以免重复和俗套。这里的"修得"句有持节立志意，同时也有赞画之意：能画出如此之画的人，何愁没有自己的用武之地？

一首小诗，品来犹长。因其意远，其志高，其力健，其情重。其为父之爱，为画之寄，为子之慰，为节之励，全部都在这四句二十八字里了。

所以说，小诗要写得精深方才得显妙处！

潮平歇浦月初落

澄儿奉檄之粤，自金陵至上海告别，诗以送之

潮平歇浦月初落，汝到珠江秋欲阑。

儿女远人岑寂惯，不须忧我老无欢。

丙子年间，老人家自北京至南京，入住弟子吴石家里。作为吴石副官的四子维澄常陪伴左右，在何老这一时期的诗词中多有提及。这首诗，是同一时期之作，写于当年秋色未阑之时。这年的冬天老人回到福州，从此再未北行。

连读两首小诗，两首小诗各有况味儿。上一首写得精深，以画言志，以物喻人，层层理趣，解之不尽。这首不同，相比于上首的精深之妙，这首则是风轻云淡之闲情。而表面上的闲情之下又有委曲尽情的蕴藉之气。宽中有结，和而微凉。

放眼看何老的诗词，这个中滋味，是他诗中的个性，散而庄，淡而腴，情辞婉恋，辗转不绝。又情不自禁地幽淡悲凉，忧思难解。

四子何敦诚全家合影

　　首先要说的是题中的两个"之"字。这两个"之"位置不同，意思、词性也就全然不同。第一个"澄儿奉檄之粤"，"之"前后有人物名词"澄儿"和地方名词"粤"，这就看出来了，这个"之"是"之往"的意思，即谁朝哪个方向走，到什么地方去。而第二个"之"是名词，指"澄儿"。两个"之"，第二个意思常见，第一个并不常见，作为一个小知识普及一下。

　　今天，我们重点要讲讲首句"潮平歇浦月初落"。

　　相比较于上首"一枝聊寄鹡鸰分"的出其不意，这个首句"潮平歇浦月初落"就显得平淡了许多。这是因为"潮平"和"月初落"两个意象过于类似而让诗句失去了层次感，也就失去了品味的空间。具体来说，一是两者都有时间感，二是同时又都有情状感，三是"潮平"和"月初落"两个情状中大的相撞，大而未收让收放失衡。

还可以从另一个角度看，那就是，"潮平""月初落"原本应该是一个统一的情状，一放而无际的月落清晨，潮起潮涌，晨曦未放，秋意微寒当中，父子俩于此告别。这样的情景却被"歇浦"割裂，像一张美丽的江景图被拦腰撕开两半，让初落的"月"再也落不到那个"潮平"涌起的江面上。正是"歇浦"——黄浦江的别称——这个地名中的生硬感，让画面产生了裂痕。这是这首诗起句的弱处。

七绝，字少，起句讲究高起，调动起精神以带起后句，也就是用突兀抓住眼球吸引注意力，而忌慢条斯理的平铺直叙。这个起句便是缺了这个高的感觉。

那为何他选择低落和平淡呢？是因为情绪是低落的。

诗里藏不住情绪。离别的伤感在无意中流露。所以接下来的句子都是这种低落的情绪意象，比如"秋阑"，比如"岑寂"，比如"无欢"。

低落不是无辜的。面对手持军队里的"檄"文前来告别的儿子，没有离伤和低落是不可能的。题中的"檄"和讨伐性的檄文意思不同，这里特指军队里的公文，具有不可抗拒性。面对这样身负使命的儿子，老父亲所做的，只能是克制自我的伤感。

"儿女远人岑寂惯，不须忧我老无欢。"就是这克制的结果。儿女们远行，他真的是习惯了吗？并不，结句里的"老无欢"恰恰表明了他的"真无欢"，而又不得不跟儿子说：我都已经习惯了，不必为我担心。"岑寂惯"背后是寂寞的心酸。有痛，不说痛，说"惯"，因为知道儿子留不住，怕他为自己担忧。正是这种父爱的自我克制拉平了情绪的起伏，让起句以温吞水的感觉出现，不给情绪以澎湃的可能。那平淡的由来，就是这种伤感低落的下意识的试图掩盖。

为什么这么说？因为诗句的表现和表达对于一个成熟的诗人，尤其是像何振岱这样精通诗理的诗人来说，每一个字在他笔下都是一种心意的诠释。"潮平歇浦月初落"里的诗病他不可能不知，只是只要不牵动起情绪，就由它去了。试想，若是起句高起以调动起后句，那随后而来的伤感又会是怎样的难以抑制呢？所以，这样的起句，在某种意义上，正是那种如山父爱的无意识地显露。

古人言：情愈迫而景愈难堪矣。这种情绪的压抑在起句里，是难逃平淡和紧实了。

是为"示"

沣、澄两儿学书有进，作此示之

心画根心十八九，昔贤治心先治手。
心能应手意乃见，奋斫旧机去其狃。
我生少小失师承，过时力学总无取。
喜汝性资近纸笔，稍觉灵机通臂肘。
骨力既足形势生，昭陵一语贯万有。
好遵此意毋令失，慎莫从人论妍丑。
即兹是学语亦坚，万事世间那可苟。

何振岱写给儿女的诗词，最多者属长子畴、幼子深、独女怡。中间三子留诗不多，所以见此一首，赶紧留此存念。

作为诗书之家的儿女，何振岱的后人们多诗书画皆精，何老也常以此为傲。反映在他写给儿女们的诗中，便是在写思念，写分离，写感慨，写志趣，写期待的同时，俯拾即是地论其诗，论其书，论其画。

在何家的五儿一女中。二子沣、四子澄是留学海外的。

沣去了法国，四子澄留学日本。归国后，沣娶了才女王闲，新中国成立后赋闲在家。澄则作了将军吴石的副官，随军败退去了台湾。人生各有命，同一个来处，各有不同的归途。但作为何家的后人，两人具有何家人共同的特点，那就是善诗能书，这些特点反映在老父亲的诗里，在骄傲和欣慰的同时，断少不了各种教导和指点。这一篇，便是。

从诗中能看到，老人家对儿女们的书画才学是颇为得意的。得意到每每以己盛名衬托儿女们的天资斐然，不惜以自逊来美子。这一方面凸显了老人家的爱子之心，同时也包含着长辈对儿女的鼓励和期待。比如在《题沣儿自画山水》里他说自己："吾幼即喜画，至老技弗精。"说儿子则是"阿儿偶挥毫，楮墨生晶莹"。在今天的这首诗里，他又说自己"少小失师承"，长大后再努力也不成气候，"力学总无

259

取"。而儿子则是"性资近纸笔"，我努力做不到的，你们很容易就做到了，"稍觉灵机通臂肘"。纯纯的爱子之心，让人读来莞尔。

那么，"学书"，该如何学呢？且听听老人怎么说：

"心画根心十八九，昔贤治心先治手。心能应手意乃见，奋斫旧机去其狃。""心画"：书写的文字。古人曰："言，心声也；书，心画也。"你书写的文字，就是你心里的画像，一笔一画，有你心的影子。所以，书写是从心里出发，根生于心的。这两联的意思是：通常来说，书法都是从心里流出的，所以前辈贤人他们都是要多练才能以手应心。心手相应，字中才得以见意，留精去拙，改掉坏毛病。

这里的"奋斫"是奋力砍去的意思。"狃"：是习惯。"奋斫旧机去其狃"即努力改掉不好的习惯，去粗存精。这开始两联如一堂课的开场白，先告诉你，字是应该怎么学的。这里有一种坐在课堂上正襟危坐、耳提面命先生授课的感觉，过于严肃。所以接下来老人话锋一转，给儿子来了点鼓励：

"我生少小失师承，过时力学总无取。喜汝性资近纸笔，稍觉灵机通臂肘。"我少时没有遇到好老师教，待过了那个阶段再努力也达不到了啊。你们天资聪颖是块学习的料，稍一用心，手上就灵通了。这里面看到的是老人家对儿子的良苦用心，教导之前，先给一些肯定和鼓励。

"骨力既足形势生，昭陵一语贯万有。"手上功夫练到了，字的形态气势自然就产生了。这里的"昭陵一语"是书法上一个典故，借用唐太宗李世民的陵墓昭陵比指王羲之的书法名卷《兰亭集序》。

当年王羲之与儿子王献之、王凝之等"少长群贤"在会稽山阴聚会，有二十六人得诗三十七首，辑成《兰亭集》。王羲之兴致微酣，挥毫写下了著名的《兰亭集序》，一举得成"行书第一"。《兰亭集序》全文三百二十四字，通篇语言流畅，通俗自然，且"字法秀逸，墨彩艳发，奇丽超绝，动心骇目"。而王羲之离开了那情、那景、那醺，重写原文却再写不出原初时的那种感觉了，《兰亭集序》原本由此成了孤本。相传喜爱书法的唐太宗李世民对《兰亭集序》极为眼热，不惜以计得之，视为神品，并立下遗嘱死后将其随葬于"昭陵"。

"昭陵一语贯万有。"即是指埋藏在昭陵里的《兰亭集序》。意思是若能把《兰亭集序》学到一点点，你也就能一以贯之，一通百通了。

"好遵此意毋令失，慎莫从人论妍丑。即兹是学语亦坚，万事世间那可苟。"这最后一联当然是总结，是那种正襟危坐、耳提面命般的教导，类似于我的话你要好好记住，不要听别人指指点点。话丑理不丑，世间万事都是一个道理，那就是马虎不得。

在何振岱的诗词中，如此严肃之语态教导儿孙的并不多见，尽管他美子胜己，但是在学问论道时，依然是淡定严肃，一丝不苟，就如他的诗和字。所以，这首诗的感觉正是应了题中的那个"示"字。

先肯定，再教导，再鞭策，是为"示"。

少子虽少重于我，我老盼念是风轻

寄深儿

人情怜少子，我老岂鹦猩。

婉婉投怀影，依依绕膝情。

远方频盼念，壮岁视孩婴。

自挦霜鬓笑，鳏居望夜明。

    这首诗写于 1939 年己卯年间，这时候，儿女各自成年，何振岱索居一隅，孤独异常。所以，他这一时期的诗，充满了悲凉、思念和感伤。如"百虫同好夜，独觉是诗人"，"近侣孰相成，远人乃苦别。老夫惜夜景，独看庭中月"等等。这一首亦不二其情。

    这首诗的结构颇为独特，全然抛开了五律的惯例，直接以议论入诗，将结论放到了当头。对，"人情怜少子，我老岂鹦猩"这样的句子，通常情况下是会被用来作结语放在尾联的，它是一首诗的总结和升华，尤其是在五律这样的诗歌体式里。

    在通常情况下，七律和五律这两种诗歌体式，七律多以情为主，以主观为主。即使写景，也多是脱离现实之景，或回味，或想象。而五律则以现实为主，想象之景相对就少，最多是将现实之景写得更灵活一些。主观为主的七律，到转联处，就是到了黄金分割线，情语情绪就该爆发了。而五律，作为最早的格律诗，它追求古朴、古拙，带着强烈的古味道。什么是古拙、古朴？至少不是动心思，玩情味，而是现实，它的主要功能就是客观性。即以客观为主，景物描写就相对较多，是诗的主体。感不能太浓烈。起、承、转都在客观的景色中铺展。铺展够了，用尾联轻轻一叹。所以，这就决定了，五律的体式它的转合都在尾联里，将感轻轻带过，这一叹，就好比是观景后的回看一眼。

这样的例子比比皆是，比如刚好读到的两首李白的诗：
《送曲十少府》

> 试发清秋兴，因为吴会吟。
> 碧云敛海色，流水折江心。
> 我有延陵剑，君无陆贾金。
> 艰难此为别，惆怅一何深。

还有《送王孝廉觐省》

> 彭蠡将天合，姑苏在日边。
> 宁亲候海色，欲动孝廉船。
> 窈窕晴江转，参差远岫连。

相思无昼夜，
东泣似长川。

这两首诗里，情都在尾句上，也就是以转合结尾。即使第一首里的叙述"我有延陵剑，君无陆贾金"其实也是客观在写。

相比之下不难看出，为什么说这首诗的结构独特？正是它脱离了五律的常规，不仅以浓情入律，而且将转合两句提前到了首联处，实际上是将尾联和首联做了一个置换。读来的感觉不是那种渐进的情，而是像砸下一记重锤，将情重重地当头砸在这里，那种撞击之中，那种哀号般的思念和孤独感就出来了。

为什么说律随意动呢？再规律的章法也是因意而生，成熟的诗人律是握在手中的，诗中的律是随情义舞动，纵横挥洒，情至律至。如此老人家安排此结构也就不难理解了。

你看，整首诗中，虽然写的是"我"，"我老"，我想，我盼，我念，我孤，我的所有这一切都围绕着"少子"而生，"我"轻，"子"重。所以，"少子"必是摆在前面的。若真的按照常规，将起句移到最后，突出的便不是"少子"而是"我"了，这想必是老人所不愿的。

所以，暂不解诗句，单看结构，你就能知晓老人家的情之所在了。

若看他首尾两联的情感表达则更是证明了这一观点，仔细地体会一下，你如果能从首联里感受到那种重锤式的撞击感，那么你也就不难在尾联里体会到那种即便是"频盼念"也是"自捋霜髯笑"的云淡风轻了。

一腔父子意，诗里话殷殷

深儿卧病北海医院三年有半，既愈，同其兄姊缩影，为题一诗

> 病卧逾三载，今朝喜离床。
> 天初宽处碧，春是病余光。
> 慎养当新愈，调心守古方。
> 爱亲先自爱，安客莫思乡。

何家少公子深自幼体弱多病，何老人家曾不惜代价携子赴京，遍寻名医经年方愈，从这里当能看出老人家对少子的"偏爱"也是有原因的，并不仅仅是因"少"而为。

这首诗是为少儿病愈后与兄姊一同拍照——"缩影"——而题写。

在何振岱晚年写给儿女们的诗中，几乎寻不到拘滞和晦僻，无旧时为父之人的那种坚冷，含蓄，鲜见奇俊幽深，铿然倏然句。取而代之的是一种温润婉转，平散疏淡之气。或思念，或忧伤，或骄傲，或欣慰，或寄以期待，或望长天盼归，皆有一种平静感。念，而不伤。哀，而不痛。教，而不促。流露着一种人生沉淀，一种接受现实，一种欲放又收的态度。这种态度让他写给子女的诗共有一个特点：散，平，庄。

从诗中可以看出，老人家，真的是老了，他无法让自己再痛彻澎湃如"传书黄耳浑无实，吹浪江豚苦作威"。也无法让自己快意自如似"平生浩荡江湖兴，记飞涛千顷，孤舶曾听"。晚年的他，更像是坐在庭院里，长天常望，思着念着，哂自己的日子。

可以想见，此时的老人家是孤独的。早先的那些孤独和忧伤与此时相比，都成了为诗的矫情，而反观此时，他却不再多写忧伤了，取而代之的是谆谆的叮嘱和自我宽慰。比如"好遵此意毋令失，慎莫从人论妍丑"，"即兹是学语亦坚，万事世间那可苟"，"儿女远人岑寂惯，不须忧我老无欢"等。

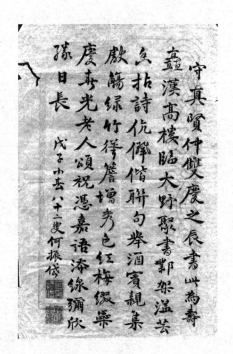

这些特点，在这首诗里，表现得最为明显。看后两联，是这些特点的集中表达，"慎养当新愈，调心守古方。""爱亲先自爱，安客莫思乡。"这是对儿

267

子的叮咛嘱托，也是自我宽解与自我安慰。实际上在安慰对方的同时也在安慰着自己，爱儿先自爱，安好莫思亲。

"慎养当新愈"的"当"在这里是"面对……时候"的意思。也就是提醒儿子，病刚刚好，要小心调养。下句的"调心"则有用心和调摄心性的双重含义。用心，是用心调理身体，这一层含义是从"守古方"里看出的，而同时"守古方"也是守"调心在己，背恶向善，不贪于财，不苟于利，分财于宽，服事取老"之古训意。所以，这个"古"和这个"调"皆有含义在，也就是"调"是身心皆为，而"古方"则是身心之方。

为什么要"慎养""调心"呢？因为这就是"自爱"。"自爱"，"亲"便安好，无多思慕哀伤。所以"爱亲先自爱"也是双重含义，表面上写给儿子，实际上暗含着亲情的联系。这与《寄深儿》中的首尾两联"人情怜少子，我老岂鹦猩"，"自将霜鬓笑，鳏居望夜明"流露出的我在后，儿在前。儿在明，我在暗的感觉是一样的。言下之意就是：儿若安好，我便安好！

有一个词叫"体德内蕴"。何振岱的这些致儿女的诗篇诗语散淡，清词句简，但却处处因应着"体德内蕴"这四个字。且不说诗韵如何，词温我们是能感受到的，还有一个感受非常强烈的词叫"正"。词温而正合在一起，用一个词来形容，就叫"德"，那种为父之德。古人曰：为人父止于慈。有慈方有德，有德方有正，有正方得予子以正途。这些，何振岱是不负父名的，看看他的后代子孙的人生成就就知道了。

岁月的味道

何振岱的诗词，记录着他一生的故事。记录着他故事中的每一个情节，每一节片段，每一段心情。也记录着他的一腔情怀，一身诗意，以及终身的学识和为人。寻找何振岱的故事，其实无须更多，看他的诗词就够了。

喜深儿自旧京归

一见投我怀，冠年犹稚齿。

酸辛呼爷娘，含意兼悲喜。

相别欲经年，相望七千里。

贾勇能孤行，习劳从此始。

汝归且小憩，行复渡重海。

此时得家居，大好讨义理。

男儿重立身，游艺亦可喜。

万趣有真源，其要在知耻。

我老百无能，敬慎颇自矢。

愿汝意诚多，往言应在耳。

这是写给少子深的一组诗，写的是儿子自北京归来探望，父子两人相见相聚又相分离的故事。这个时候，儿子已及冠年，诗一开始，写儿子回到家，像小时候一样投进父亲的怀里，见父为喜，呼娘却已不应了。悲喜之中就是"酸辛呼爷娘，含意兼悲喜"。所以，诗中就似一番涕泪而下的哀号和哭诉：相别经年，相隔千里，孤身在外，我儿命苦，要学着自己照顾自己了……

从"一见投我怀"到"习劳从此始"，是一个故事进行中完整地细节描述：父子相见，少子投怀，相拥而泣，话里含悲。既希望儿子贾勇前行，又心疼他习劳从此始，前路须孤行。"贾勇"何意？贾者，卖也。有勇而卖，意为勇足而有余。勇余，必是勇敢之人，何患孤行。这里当然是老人家在为儿子打气，寄托希望。同时又深含悲切，悲无娘人从此不得不的"孤行"和"习劳"。

这里的悲哀感是大于表面上的鼓励和打气的，但他的悲哀是藏着的，字不言悲，透出来的悲意却包围着句中的每一个字。这种表面冷静，实际上的重重悲意更咬啮人心。他为儿子悲，也为自己悲。"贾勇能孤行，习劳从此始"，就是一种表面上欲哭还休，实际上涕泪而下。

到了"汝归且小憩"处，情绪逐渐回落，回归到理智和冷静，嘱咐儿子好好休息，因为时间倏逝，很快又要"行复渡重海"了。我儿"此时得家居"，我们爷俩刚好能坐下来讨论一番学问和道理。

"讨"是议论探究的意思，而不是向我讨教。从诗里流露出来的欲哭还休能看出，此时的老人家已经开始显现出年迈的"弱势"了，他开始隐身儿子身后，逊以待人。况且儿业已"冠年"，面对自己的孤独与老迈，他不会居高临下指点江山的。否则就不会有"相别欲经年，相望七千里。贾勇能孤行，习劳从此始"的不由自主地哀伤和悲号了。

爷俩讨论的内容是什么呢？"男儿重立身，游艺亦可喜。万趣有真源，其要在知耻。"看出来了吗？这里老人家在儿子面前已经不是"好遵此意毋令失，慎莫从人论妍丑"，"即兹是学语亦坚，万事世间那可苟"之类的奋发图强的劝学了，而是说你在"立身"的同时，玩玩也是可以的，"游艺亦可喜"，只要懂得"耻"。

"知耻"二字是和"贾勇"相呼应的。所谓的知耻近乎勇，知耻方能有勇而贾，方能孤行千里。在"男儿重立身，游艺亦可喜。万趣有真源，其要在知耻"这四句当中，前三句都是对儿子的顺意而为，只有最后一句才是为父的谆谆教诲，给儿子的"游艺"来一个小小的约束和提醒：要知耻方能立身。

接下来的几句老人家以己示儿，同时也意在安慰儿子不要为我担心，我虽然老迈百无一用，

何振岱书法《鼓舞志气》

271

但精神还是可以的。"敬慎颇自矢"里的"敬慎"和"自矢"我合并当作精神来理解,"敬慎"是恭敬谨慎的意思,而"自矢"是自我激励,立志不易。合在一起可当一个精神面貌看,并同时也有"知耻"意,这一层意思便是在激励儿子了:我老迈无用,仍能知耻,儿子你更应该能做到哟。欲正其心者,先诚其意。

题曰"喜",实为悲。前半段的故事性和后半段的说理性在悲喜之中都有一种顺手拈来之感,前段含悲,悲中的哀号,后段的平静,絮絮的义理,都有种随性而至之感,看不到刻意而为处。这种随性是岁月沉淀后的放松和自然,流动在文字中有一种感觉,那就是天然、平淡和自由,这种自由无论字词的高低深浅,只要意味的蕴藉与温融。这种感觉只有岁月可以书写,所以岁月的味道也自流淌其中,随行其变。

浮想联翩成就笔下烟霞

同子深浴温泉归，至家大雨

卸车闻雷声，升阶恰骤雨。

一点未斑衣，迟速才数武。

坐定神始闲，凉多欲忘暑。

此时若中途，托避知谁庑。

人生小动静，犹若不自主。

行藏及显晦，又孰为之所。

黔灵本无心，与咎或与祜。

毋乃出偶然，抑且由自取。

凡情妄推测，天机恐弗许。

少焉云影开，明霞丽晴宇。

晚色尤清佳，烟林闻鸟语。

父子俱陶然，凭灯酌芳醑。

这仍是少子归家探亲的故事。说的是父子二人同浴温泉，归至家时恰遇大雨，由此引发了一番感慨。

相比较于上篇一句你一句我，向子向我的父子互动，这一篇虽然"同子归"又"父子陶然""酌芳醑"，但却完全没有二人之间的交流互动，整篇都是老人家遇到风雨后的心思流动和自我琢磨。在这首诗里，"我"是主角，儿子深和"同子浴温泉"的交代都是身后虚幻的背景，这种虚幻的烘托，让站在前台的我有了种遗物忘形般沉浸式的自我陶醉，有精骛八极，心游万仞之感。一番天地穿梭以后让心灵释放，云影顿开。凸显着一种浓浓的文人气质。

这番沉思是由一场骤雨引起的，说的是老人家和儿子深一同浴温泉而归，在抵家卸车时听到雷声响起，待踏上台阶进屋，恰风雨骤至，惊险只差半步。进得门去，安享清凉，不由得想到，若是雨来得早些，在途中遇到这雨我该到谁的屋檐下去避呢？由此而入，越想越多，引出了一连串的人生感叹：人生如此小的动静，若不是恰逢其时，自己都不能掌控，何况出贤入仕、安身立命、幸厄穷通那样的天地大事呢？咱平民百姓，原本无欲无求，祸福由命，但还是会遇到一些偶然的事情让你无法掌控，更何况还有些是自己招致的呢？你要是不从天意妄加推测呢，恐也被天意不许。不过，逢雨总会过去，雨过天晴，便烟霞明丽。正如此时夜色之中，父子二人听着林中的鸟鸣声，陶然而坐，凭灯举杯，一切都释怀了！

古时文人惯于遇风思风，逢雨想雨，浮想联翩成就笔下烟霞。杜甫的"翻手为云覆手雨，纷纷轻薄何须数"，李白的"云想衣裳花想容"皆是，林黛玉的《葬花吟》由落花悲悲切切想到自己更是如此。老人家这首诗，由一场雨想到了祸福由天的人生大事，此乃诗人之本性也。

诗由叙事起，"卸车"二字实在而又自然，没有为诗的做作。而"一点未斑衣"和"迟速才数武"又在这实在感中加进了一种洋洋自得般活泼泼的动感。"卸车"二字当头，也平衡了接下来的"斑衣""数武""知谁庑"等等这些词语中的矫情。实际上在这首诗里，口语化的语言是伴随着艰涩的用语而出的。接下来的"人生小动静"也是如此，尤其是"小动静"三字，既轻松又实在，常见的口语陡然入诗，却成了诗中的亮点。它同时也中和了"黔灵""与咎""与祜"，"毋乃""少焉"等等学者化语言，让诗在端庄板正中多了一点儿活泼，接了些地气，让诗更有天然平淡之感。我常把这种看似不经意的"家常话"叫神来之笔，相比较于那些高深莫测的语言，它其实更难把握，要在淡然之中生出特别的诗意而不落入俗忌，非神思不能为。

如此说来，这首诗就是家常和深奥的相互衬托了，这倒也是另一种意义上的虚实变化。有变方见灵动。在何振岱的诗词中，学者化的语言是一定的，那是老人家的学问，但这种神来之笔则就是他的神思所在了。

一番忙乱之后，开始坐下来思索人生。从"此时若中途，托避知谁庑"到"凡情妄推测，天机恐弗许"都有种云天长望之感，思索的情态毕现。这里需解释的几个词是"庑"（wǔ）：房屋，屋檐的意思。"黔灵"：平民百姓。"咎"与"祜"即祸与福。而"数武"则是几步的意思。古以六尺为步，半步为武。

想来想去，老人家终于想开了，想开之时，云天也开，心和天一起明亮，到了夜色降临时尤其"清佳"，这是他把人生都想透也都看清了。所以，才有心情听鸟语，"酌芳醑"。

故事性叙述的诗有一种信手拈来之感。记得读过一篇诗话说："叙事长篇动人啼笑处，全在点缀生活。"这几篇，均非典型意义上的叙事长篇，但合在一起，却是生活的真实再现，是生活的最真实记录。这种再现和记录，一说明了情至，二说明了诗至。无论心思如何萌动，笔下都必有烟霞。这是老人家一生为诗的收获。

与子与女，相向而行

送子深北行就学

衰年易伤离，此情不自克。

今宵别少子，酸泪竟沾臆。

兄姊羡汝归，羡汝依我侧。

汝归月再圆，欢惊但瞬息。

汝行向兄姊，所慕我颜色。

离合亦常事，毋令牵远忆。

慎汝客中身，动止依天则。

务识二人言，二人俱发白。

何振岱写给儿女们的诗，其实面目多有雷同，从诗体到内容，到表达方式，甚至语言运用。俱是。"离合亦常事，毋令牵远忆"之类的句子，几乎写给每一个孩子。这至少说明了一个问题，那就是：离别，是每一个儿女身上的故事。所以，我们读这些诗，寻找他们共同的故事，也寻找他们各自故事的不同，更挖掘故事中的亲情并传播之。因为这些爱子之情，比诗本身，更重要。

从《喜深儿自旧京归》到《同子深浴温泉归，至家大雨》，再到这篇《送子深北行就学》，这是同一个故事的不同篇目，看题目就知道，写的是少子自京城归来，经月复行的一个完整过程。从"喜"迎，到"同浴"再到这一篇的"送行"，故事在这里将画上一个句号。

这一篇和其他写儿女的亲情篇不同，其他诗里写离别，写赞叹，评书论画，其主人翁只有一个，而这一篇表面上是写给少子深，实际上，他诗中写了三个人物，既有少子，也有长子长女。这是因为，小儿子将要去的地方也正是长子长女的所在地，如此一来，此篇就不仅仅是为深送行，同时也有将少子交托的意思。

你看，诗中除了开始两联的涕泪离别以外，反反复复重

何振岱八十岁小楷

复着的是这几个字："汝""兄姊""二人"。"汝"当然就是少子深，"兄姊"就是长子畴和女儿何曦。"二人"指的也是"兄姊"二人。此时的长子畴在京城做中医师，而女儿何曦随夫远嫁天津。长兄长姊都已经成家立业，老人家自然是要交托了。

所以整首诗，说是送别少子，其实送别的辛酸泪只流了两行，那心酸便被沉重的交托所代替，所有的爱和牵挂都在这种托付之中了。

自"酸泪竟沾臆"后每一联都是"兄姊"与"汝"的交替和转换，这种写法有将儿女团在一起的感觉。说了"兄姊羡汝"，又说"汝向兄姊"，此表达的感觉就是让儿女们相向而行。前者是在少子面前替"兄姊"美言，后者是促少子向兄姊而行。句子看起来普普通通，无甚诗意，可流露的是老人家为儿女虑的小心思，在不动声色中将儿女黏在一起，以图他们出门在外能够相互关爱，彼此扶持。

"汝行向兄姊，所慕我颜色。离合亦常事，毋令牵远忆。"这两联是说给深听的，同时也是说给"兄姊"的。这是老人家交代给"汝"让其带给"兄姊"的话。这层意思是从"汝行向兄姊"中的"向"和"毋令牵远忆"的"毋令"得出的。"向"在这句中有两层意思：一为方向，二为面对。意思是"当你去到哥哥姐姐那里，见到他们后……"，而"毋令"当然就是"不要让他们……"。"所慕我颜色"的"慕"在这里是依恋的意思，"所"：依旧。"颜色"的意思不是指面容，容颜，而是"和颜悦色"的缩写，是"我"对尔的态度，引申为"溺爱""宠爱"，这句的意思就是"他们依旧依恋着我的宠爱"，那就是他们很想我咯。这么一分解，就可以看出，这"汝行向兄姊，所慕我颜色。离合亦常事，毋令牵远忆"这两联的意思就是：当你见到哥哥姐姐后，一定要跟他们说，不要太想我哦，分分合合是常有的事，不要有太多的牵挂。

包括这首诗在内，老人家的这类诗大多平铺，直白，为事而题，临事而直说，比兴之法用得少。这是因为，比兴之用，往往用于独自沉思状态，而面授机宜、当面教导等等皆为临事而言。所谓的"比兴重于文，直铺重在事"。所以，老人家的这类诗都相当质朴，用情极深，但从艺术上而言，少了一点点美感。因为，诗，本是"自我体"，一旦用于交流，就自然会失些诗味。这些，一生为诗谋的老人明白，我们今天的后人也明白。只是，老人不在乎，他要在诗中说要说的话。我们也不在乎，我们要在诗中寻我们要寻的故事。

入得不同诗境，看见不同心情

至日祭先，儿辈皆外出，与岚君对饮感作

> 成群绕滕总天涯，一往难抟散后沙。
>
> 归客翠樽长至日，可人红菊少时花。
>
> 慰心甚事能忘老，佳节何欢异离家。
>
> 旁午馂余相对饮，庭除鸟雀静无哗。

诗写着写着，人就散了。多少离愁也填不满散的结局。迎来送往，归来离去，往返之中，只剩下了两位相依的老人。

这首诗，从不同的角度能看出不同的情味，我从"天涯""散后沙"中看到的是清冷，我的老师舍得之间先生则从"翠樽""红菊"里看到了二老温馨相对时的品茗和娴静。入得不同诗境，感受到的是不同的心情，区别在于你在诗中抓到的是何种环境氛围，也就是你感受到的情味如何，这情味决定了你对这首诗的解读。

舍得老师的解读是，既然"儿辈皆外出，与岚君对饮"，"对饮"二字，点明了诗中享受的是二人世界，必是不能忽

略了夫人的，那么这个二人世界里的娴静和温馨就是他的主情味，"儿女不在身边，还好有老伴哦"就成了诗中的总体氛围。他就不能一再提儿女，因为，念儿是一种挺沉重的情绪，"如果反复去说儿女，会惹得老伴哭"，这便干扰了二人世界中的情绪氛围。

老师的解读遵循的是诗词理论，即一首诗中只能有一个主情味，非主流情味只能服务于主情味。那么，如果认定二老的二人世界的温馨互动是主情味的话，那儿女之情便退居了次要。起联中"儿女天涯"便成颔联中夫妻"对饮"这种和谐气氛的铺垫。而颈联的"慰心""佳节"和尾联中的"相对饮""静无哗"则都是这个主情味的补充和铺展。

老师之解是以情味为依托的解读，依的是诗理。从单纯一首诗的角度来看，这个解读不无道理。可是我看来看去，那种幽闲冷寂的孤逸感却始终挥之不去。这源自于我读过了何老写给儿女们的诸多诗篇后的感觉，对儿女的思念和情感依恋是何振岱晚年不变的话题，无论他的世界多么美好，他都放不下他的天涯牵挂。

所以，这首诗，依照诗理，是温暖。从人出发，是孤清。

那么我理解的这首诗的情味与老师就有了不同。那种淡淡的冷落感从首句"成群绕膝总天涯"到末句"庭除鸟雀静无哗"贯穿着诗的始终。而这情味的差异让解读也随之有了不同。

在对"归客"的解读上，老师认为，"归客"不仅仅是写的诗人本人，同时也写远方的儿女，否则，一是难以承住首联里的"成群绕膝"和"散后沙"，二是离人终是归客，若单写诗人自己，从诗法上和情理上都显突兀。

我的理解是，"归客"句是对首联不同角度的映衬、对比和诠释。以"归客"对坐的清冷对照曾经的"成群绕膝"，并用以诠释"一往难抟散后沙"的散沙难聚。这里面"翠樽"是它的注脚，因为"翠樽"是个眼前之物，所以这个"归客"写的就是诗人本人，"翠樽"对的是谁？是已似"红菊"但依旧"可人"如"少时花"的岚君。这便是题中的"对饮"。此时的二人对饮是"散后沙"的结果，所以，我认为此承可。

单是对"归客"的理解不同，情味便有了差别，在老师的解读中，归客是"温馨"的化身，你们终会和我一样归来啊，此时此刻，我和"可人红菊"举杯对饮，也是种宽慰。起是儿女散，承是"对菊"欢。

而在我的解读中"归客"是一个孤清的身影，是一个徐徐的轻叹——儿女都不在身边了，只有我们两个"对饮"了。起是散，承是叹。

我们共同认为"慰心"源自承

何振岱与三子何敦敬及孙辈

句，是为入感，是在感慨人生，可是对感意的理解却不同。

老师认为"慰心"来自对饮，来自承联中的温馨，唯如此，方能"慰心"，而"甚事"二字是对"慰心"的强调，也是对承联的强调。所以"甚事"当解为"如此"，即"对饮"事。"慰心"句的解释就是：如此的事慰我心使我忘老。这样下句的"何欢"便成了"怎样"，"如此是一种怎样的欢乐呢"。这一联的解释就是：很宽慰，能有此闲境，可让我忘记岁月的流逝。佳节时的欢愉，不是离家漂泊所能比的。

我理解的"慰心"是一个问号，即"何事慰心"，这里的"甚事"就是单纯的疑问了。什么事能宽慰我的心，让我忘记老迈、忘记儿女离家的孤单呢？那对应下句的"何欢"之解，自然就是"有何欢"了。佳节里，面对儿女离家的清冷，还有何欢呢？

如此情味品读的不同带出了不同的结果，让尾联的结论自大不相同，老师的结论是娴静，与夫人共享安宁。

我的结论是清冷。清冷回扣着起句中的"成群绕膝"和"散后沙"，让我们现在"庭除鸟雀"也"静无哗"。这是一种幽幽的，淡淡的冷。

看，品味不同，解读也就不同，结论也为之不同。诗无达诂，没有对错。诗有通感，不同的人被触动的点也是不同。共同处是，我们都在寻味，而寻味就是寻情。

读诗其实都是在寻找自己的影子，找到了，就入境了。无论如何解读，如果一首诗能引起不同的人各自得出自己的感，那就是成功。

梦里相逢人不见，若知是梦何须醒

岚君时来入梦，皆无一言。昨忽梦自外入，问
予云：五儿归，今在何处？梦中语此第一次也

向来有意总无言，忽问娇儿笑入门。
我语才应天已曙，寻思欹枕剩啼痕。

人到晚年总是伤感，诗写到最后，写的也是伤感。人去又复来，归来处只能是在梦里，读来惹人鼻酸。

聚了又散，写完了聚散离合，今天写天人永隔。如果说上一首的"对饮"中尚有一丝温暖，这一首则是彻骨的寒。何振岱的晚年在诗里写尽了思念，越写儿女走得越远，那是聚不拢的成年。

而当枕边人也走了的时候，他只能是"欹枕剩啼痕"了。

感谢这些诗篇的记录，让我们沿着他的诗，看遍了他的一路精彩，也感受着他的孤单与渴望。诗人寻觅一生，却是走不到相聚的终点，令人唏嘘。想来也是，世界之大，任尔飞奔，却不知道放飞你的人孤独地留在原地望长天长叹。年复一年，代代如此。无论你的人生如何辉煌，都将是曲终人散。无论你的人生如何辉煌，这人生之杯中苦酒，大概人人得饮。

何振岱写给儿女们的这些诗，若用一句话来总结，或可谓"行子肠断，百感凄恻"，这不是哪一首诗里的感觉，而是整个这类诗中流动的气韵。那种放不下的温柔，最终仍是握之不住。

所以我看这首诗，便不单纯只是一首诗了，而是这类诗的总合，是这类诗写到这里汇成的一个终点。那些诗中的期待，怜爱，柔情，关怀，慰藉，教导，叮咛，甚至絮絮叨叨，所有的感触都席卷而来，可是进到诗中却是寻迹不见，曲终人散。这是我读这首诗时的感觉。

忽然就有了一种虚无感。

忽然就有了寻的感觉。

他在寻梦，梦里寻人，而梦里寻到的人也在寻人。层层寻来，从现实到梦里，梦里又在寻着现实。可是梦里寻到的笑，却是现实中的一汪眼泪。所以，这表面上的一首悼亡诗，实际上却含着多思。看似简简单单，无奇无巧，却承载着大爱大恸。

"忽问娇儿笑入门"，这梦中母亲寻儿的场景，便是梦中人寻找着的现实。何振岱在诗里写尽了思念，可是梦里面母亲的思念却真正戳到了泪点。去到天上的妈妈梦中带笑回家寻儿，这种真情，这种牵挂，这种放不下的沉重，让人无法不垂泪。

这梦里人所寻的人又岂不是诗人所寻呢？

所以，现实和梦境就交汇在一起了。

所以"岚君时来入梦，皆无一言。昨忽梦自外入，问予云：五儿归，今在何处？"诗题中的话在诗中又重复出现"向来有意总无言，忽问娇儿笑入门"便有了合理的解释。按照诗理，"下笔不必太着诗题"是诗学常识。他却还要如此重复啰唆，这分明是一种非常态的心绪沉淀。心中难以排解的画面，要一遍一遍道来。而我们读诗，也仿佛能听到他一遍一遍地喃喃自语。

"梦中语此第一次也"。第一次，又何尝不是最后一次。所以这个"第一"，实则也是"唯一"。花非花，梦非梦。梦里来去谁是真，醒来不见梦里人。

从题到诗，看似简简单单，实则每个字都是眼泪。

"寻思"，是他心态的说明，也是他一遍遍重复的说明。倚在床上，思来想去，悲切暗生，无处慰怀。如此梦境，似一场春花秋月，又仿佛演绎了一生。沧桑转眼过，徒剩一枕痕。

写了无数的情，到头还是一场空。

尘归尘，土归土。

人生归处皆是梦，梦里梦外不由人。

不由得就想到了小野小町的《无题》：

> 梦里相逢人不见，若知是梦何须醒。
>
> 纵然梦里常幽会，怎比真如见一回。

先生不住笔，余韵恒久在

绝句二首

其 一

一晓熏笼尚觉寒，灶佣为我奉杯盘。

窗阴似雨还非雨，檐瓦无声只细看。

其 二

孤衾如水更谁温，一饫何曾抵负喧。

阿母慈颜还挂壁，绕床襁褓梦余痕。

这两首绝句，写于1951年辛卯农历二月初二，在写完此诗的两日后，老人家与世长辞。此二绝成了老人的绝笔。

何振岱为诗为人，自律严谨，一丝不苟。一生为诗，诗也养了老人一生。他的诗写到此时，依然是工稳完整，纹丝不乱，下字有响，造语浑圆。诗中品味世界嚼苦食甘，也回眸一望恋恋不舍。诗写如此，让人泪目！

诗，是他一生的信仰！

纵观何振岱的诗，以感意居多，敏感，多情，易伤。用四个字总结是：寒，正，僻，真。寒，凄切婉转。正，慷慨音清。僻，古板方正。真，俯仰天真。他不欺诗，也不欺世。如此，他的诗才余香绕卷，恒久不散。

看这两首绝句，仔细品味老人家写诗时的情景，你便能体会到老人为诗的严谨和虔诚，能捕捉到诗中流动的感动，所以原本不忍写明此二绝为老人绝笔，以不绝之笔让余韵长存，可是又不得不这样写，因为这二绝里，我们品到更多的，不仅仅是诗，而是诗中的人，是诗中人对诗的那份真诚。

两首绝句，第一首言状，第二首述感，状中带意，意中又有物在，所以这两首，前后看来是一种感意的穿梭和流动。

其一，前二句言状，"一晓熏笼尚觉寒，灶佣为我奉杯盘"。此状重在一个"寒"字。"熏笼"是"寒"的表象，开启的是一方况味，那就是孤独和冷。此寒既是现实也是感意，身心俱冷，熏笼难却。古诗词里"熏笼"一出，孤，寒即至。白居易的《后宫词》"红颜未老恩先断，斜倚熏笼坐到明"句，就是这种"孤""寒"意的完美诠释。只是比起《后宫词》来，这里的寒意更深刻些，因为《后宫词》里的"熏笼"驱的是寒，而这里的"熏笼"则驱不掉那寒。所以"一晓熏笼尚觉寒"。《后宫词》"熏笼"里流露出来的是孤深寒浅，这里是寒上加寒。孤在哪儿呢？孤在下句"灶佣为我奉杯盘"里。"奉杯盘"的是"灶佣"，这孤就流露出来了，那种体弱难起、清冷无依的画面也就勾勒出来了。这是一个能让你看到并感觉到的画面，同时也引出了这孤清寒彻中的人物形象"窗阴似雨还非雨，檐瓦无声只细看"。

此二句看似写景，其实写的是内心，极类似于杜甫绝句中的"窗含西岭千秋雪，门泊东吴万里船"，看似写景，实则写意。似景非景，意隐景中。只是此意需细品方知。面对杯盘，无心进食。看窗外阴沉如雨又非雨，迷蒙的不是天气，而是眼神。这就是似景中的意。

"檐瓦无声只细看"。寻声的意，便是那"寒"的延伸，孤独感，看窗外，神入思。将"熏笼"中的寒延伸到了心里，也就是将寒从客观延伸到了主观上，就是"心寒"。而此心寒隐藏在哪儿呢？隐藏在"窗阴""似雨还非雨"和"檐瓦无声""只细看"里。

何振岱抚琴

291

就如"窗含西岭千秋雪，门泊东吴万里船"里有着沉重的历史感一样，"窗阴似雨还非雨，檐瓦无声只细看"里也有着强烈的孤独感和人生的无奈感。此寒或长久，虚实未可知，那一方未知，触不到，看不清，却还要"细看"，人生走到这时只有寒凉了，回看起承，那杯盘仿佛也虚化了起来。若烟火，若祭食，远还近，近却无，此种诗味沉郁，已沉郁到未知的境界。

"只细看"，这个看，就是那"看山"的道理。看山还是山，山已非此山。所以后二句虽也有景语，如"阴雨"与"檐瓦之声"，但更是出神，此神缥缈于虚实之间，此处景语已非实景。它是思维之态，阴雨有形若无形，瓦声无音却有音，似一个回眸，是一份不舍与留恋。"细看"就是不舍。

已经无须感叹语了，因为身在迷茫间，回首已百年。

这诗境，忘记了来时路，却已触摸到归处。而归处没有雨，却打湿了一颗心。

这个世界，亦真亦幻。阴雨又非雨，静瓦有声无声，都是一种内视状态。沧桑之后，看世界已经不需要眼睛了。神思不见，是一种伤感。或者是，这个现实的世界已不需要看了，混元归始，自成世界。

其二是其一的继续，写的全是伤感，这就是对人世的留恋了。寒与孤都衔接着"其一"中的意象，是这些意象的继续和加深。此寒谁温，此孤谁怜。举首望慈母，回眸念娇儿。从"阿母"到"襁褓"其实就是写一个轮回，终点又回到起点。"阿母""慈颜""挂壁"与"襁褓""绕床"是从现实到虚化的镜头切换，这虚化是时间的穿越，是无限的眷恋。

诗写到这里，便开始了一种回暖，只是这种回暖是虚幻中的，是回眸之不舍，正是这种不舍，让人读之落泪。

要有一种观念，即使他活二百岁，他的走，也是意外，而不是预期。老人家也许并没有想到人生的终点将至，但是冥冥之中，他在此为他的人生和诗做了一个总结。亲情写到这里，走的走了，散的散了。有一种强烈的"尘归尘，土归土"的感觉。所以最后这两评，评的都是心酸。所有的冷暖都归成了虚冈的梦痕。

诗里，看见先生的性情。他性情多感，也将感写到了最后。他为诗严谨，诗写到最后都一丝不苟。这样的人必是善良的、多情的、干净的、忠诚而天真的，虽古板而无欺，既方正也真诚。

向先生致敬！

图书在版编目（CIP）数据

春透梅花骨：何振岱诗词赏析 / 申美英著 .—北京：作家出
版社，2022.11

ISBN 978-7-5212-1314-0

Ⅰ.①春… Ⅱ.①申… Ⅲ.①诗歌欣赏—中国—现代

Ⅳ.① I207.22

中国版本图书馆 CIP 数据核字（2022）第 174058 号

春透梅花骨：何振岱诗词赏析

作　　者：申美英
责任编辑：史佳丽
封面设计：周思陶
封面绘画：何振岱
封面题字：尉晓榕
出版发行：作家出版社有限公司
社　　址：北京农展馆南里 10 号　　　邮　　编：100125
电话传真：86-10-65067186（发行中心及邮购部）
　　　　　86-10-65004079（总编室）
E-mail:zuojia @ zuojia.net.cn
http://www.zuojiachubanshe.com
印　　刷：三河市北燕印装有限公司
成品尺寸：142×210
字　　数：181 千字
印　　张：9.625
版　　次：2022 年 11 月第 1 版
印　　次：2022 年 11 月第 1 次印刷
ISBN 978-7-5212-1314-0
定　　价：65.00 元